AF423777

Profecías
del año cero

www.letranegra.org

Profecías del año cero

Roxana Ávila

El tiempo es la paradoja

que no podemos crear ni destruir.

ar

Capítulo I

EL REY CAMÉ YACE MORIBUNDO SOBRE UNA ESTERA CUBIERTA CON PLUMAS DE QUETZAL, mientras Chamuc, el brujo del humo y chamán oficial del reino, se inclina hacia el frente y luego hacia atrás en un trance acompasado de danza ritual. El brujo viste un penacho de papagayo, cuentas de jade y una hermosa capa de piel de jaguar; tiene el rostro pintado de barro colorado y tizne de chichipate; entona una vieja canción, una oda dedicada a Moxibil, la Diosa del Arte, la Danza y la Poesía, para llenar de paz a su amado Rey Camé, quien lo mira atento y luego se pronuncia.

—¡Chamuc!, brujo del humo, —exclama Camé, con una voz tenue que parece venir de ultratumba.
—Deja la danza y el canto, acércate, siento que la fuerza abandona mi ser, este saco, que tengo por

cuerpo, se entumece por los años que me preceden. Siento que son mis últimas bocanadas de aire, antes del estertor de los moribundos, antes de viajar a Xibalbá. Debo apresurarme, para dejar constancia de las cosas que pasaron y, sobre todo, ése después del tiempo por los ciclos que están por venir.

El sabio chamán dejó sus maracas, tomó la pipa de barro moldeado, le colocó hojas de sabiduría y la encendió con el fuego sagrado, luego se acercó al lecho para escuchar las indicaciones del principal gobernante de los itzanes, cuya salud se había deteriorado con el paso de las últimas lunas.

—Su Gracia Divina, amigo y patriarca de los itzanes, he mandado llamar a los escribas para que anoten lo que tiene que decir. Los artesanos han traído las pieles de corteza de árbol, las han untado con argamasa. Las mujeres recolectaron las tintas de colores y los escribas están listos para apuntar sus relatos destinados a la posteridad.

—Fiel brujo, amigo, diles que vengan de inmediato, deseo empezar cuanto antes. Mis ojos se cierran, la opresión en mi pecho se hace cada vez más insoportable.

Camé fumó de la misma pipa de Chamuc y luego se la dio de nuevo como un acto ritual, varias veces, para entender el todo, el tiempo, el pasado y el futuro. De pronto, comenzó a toser como carraspean los tísicos, hasta que un bolo alimenticio terminó saliendo en forma de vómito, plagado de semillas de calabaza. Después el rey se calmó y durmió por varias horas.

Era de mañana, la claridad iluminó el alba cuando el rey se incorporó de nuevo. El escriba y sus ayudantes esperaban al costado de la estera para empezar sus anotaciones. Necesitaron muchas hojas machacadas y tintas para plasmar la historia y los orígenes del tiempo, desde las profundidades de Xibalbá. El supremo gobernante contó cómo, en un principio, Patán y Leva engendraron dos hijos, quienes a su vez procrearon a su descendencia, los hijos de Misha y Xarín. También narró cómo él mató a su hermano Ajpú, luego lo decapitó para defender a Xarín, quien era maltratada por su esposo Ajpú. El rey siguió gesticulando con fuerza su historia.

—Cuando los hijos de Ajpú se quedaron en los Valles del Sur, fundaron el Reino de los Avilix, en donde encontraron comida y lugares fértiles para cultivar el maíz. Pero la sequía azotó más fuerte en su territorio, luego vino el diluvio que arrasó con la mala tierra y dejó los campos convertidos en zonas desérticas. Algunos habitantes de Avilix sobrevivieron porque escarbaron la tierra hasta encontrar unos pocos tubérculos de sus sembradillos todavía intactos. Desde entonces a esta región se le llamó Camotán.

—Yo Camé, mis hijos con Misha y los hijos más pequeños que procreé del vientre de Xarín partimos al Norte y fundamos Tekali. Motul, mi hijo primogénito, engendró a Oxib, pero luego murió en la batalla por la conquista de los territorios yucatanos. Mi segundo hijo Huná, llamado también "el divino", fecundó el vientre de mujer y nacieron mis nietos, los "gemelos sagrados". Cuando sobrevino la primera tormenta, Huná se refugió en el fondo de un cenote, en el camino que lleva a la ciudad de Tulúm, pero no emergió de nuevo, por lo que la gente de nuestro pueblo asumió que había subido al cielo con Kukulcán, el Dios del Tiempo y la Luz, para cuidar, desde allí, a los descendientes de nuestra estirpe. Por esa razón, en adelante, todos se referían a él como Huná el Divino y a sus hijos como "los gemelos sagrados", nunca les pusimos nombre, ellos comprendían.

Estas fueron las palabras con que Camé inició su relato a los escribas para que fuera tallado en las piedras de la Escalinata de Caracol. El rey continuó su narración por muchos días, antes de llegar a su destino de inicio y final, Xibalbá.

—Cuando el hambre azotó los valles, mi nieto Oxib, junto a sus primos "los gemelos sagrados", sin tomar en cuenta mis consejos, invadieron Tapirí, la ciudad sagrada de los moyanos. Destruyeron todo a su paso, el fuego consumió los campos con sus cosechas de yuca y maíz. Nos quedamos sin nada. Un grupo partió hacia Camotán, para pedir albergue con nuestros hermanos los Avilix, pero también perecieron por la sequía. El hambre hizo presa de niños y ancianos. Otro grupo emigró hacia el Norte, donde encontró refugio con los yucatanos. Ellos los esclavizaron, les hicieron trabajar para construir sus templos y observatorios astronómicos. Los yucatanos eran gente muy ruda. Recuerdo que uno de mis súbditos, me contó que se comían a sus enemigos y luego colgaban sus cabezas en la entrada de sus casas. Las partes de los cuerpos de los guerreros más nobles eran devoradas por todos los miembros de la familia para demostrar su poderío. Los guerreros más diestros como mi hijo Motul, fueron muertos por esa costumbre, solo los esclavos débiles y desnutridos se salvaron. Pero al final, el pueblo yucatano terminó colapsando por la desobediencia a los dioses, igual que los otros en la debacle del tiempo.

Camé siguió murmurando, como enfebrecido por la muerte, sin parar; a tal punto que mandaron a llamar a otros escribas para seguirle el paso. Un joven escriba le escuchó decir, —después de muchos años, nadie recordaba estas historias de los antepasados. Yo, el Rey Camé y Xarín, la mujer que engendró la estirpe de los itzanes sobrevivimos junto con Balám, quien siempre estuvo de nuestro lado para protegernos de los enemigos.

La ciudad de Quetzumal había tomado nuevos brillos desde que el rey ordenó la construcción de la escalinata. Todos los escribas estaban encantados de poder contribuir para rescatar el origen de los tiempos. Se turnaron de noche y de día, y anotaban cada palabra, mientras Camé, parecía tener la resistencia de una piedra, como la roca donde esperaba que su memoria se guardara. Su interés por plasmar toda la historia de su pueblo lo mantuvo animado hasta el último día de su vida, por lo que continuó el relato.

—Oxib, mi nieto, los "gemelos sagrados" y toda su prole, junto a mi esposa, la bella Xarín, partimos hacia las altas montañas donde se hallaban las cavernas del inframundo. Yo había visitado esa región, cuando cazábamos con mi padre Patán y sabía que en esas cuevas corrían ríos subterráneos plagados de peces extraños de color blanco y también algunos moluscos y animales que intentaban refugiarse del fuego. Después vimos los chushines, chalumes y cashpiroles, que antes plateaban sus hojas bajo la noche iluminada por la luna, desaparecer arrasados por las ventiscas humeantes. Todo fue pasto de las llamas cuando se desataron los incendios ocasionados por la falta de agua en todas las regiones.

Pensé que tendríamos algo que comer dentro de las cuevas del submundo si quedábamos atrapados por las llamaradas. Había visto morir a muchas criaturas en los bosques, además, los árboles habían sido diezmados por los pobladores para plantar el maíz sagrado. Recuerdo que caminamos de día y de noche, sobreviviendo de la caza ocasional y la pesca que, para entonces, era muy escasa. Llegamos a Xibalbá, después de 20 kines, durante los cuales atravesamos las tierras altas y bajas. La entrada de la gruta estaba repleta de murciélagos y animales del inframundo. Nos adentramos en las cámaras más altas donde nos refugiamos por más de un ciclo; luego vino el diluvio que lo inundó todo.

El relato prosiguió hasta que Camé se sintió cansado por el esfuerzo de recordar los hechos pasados y narrarlos a los escribas. Estos se retiraron y lo dejaron tendido en el lecho, su rostro denotaba el dolor que oprimía su pecho, pero también la entereza de quien ha gobernado con mano de hierro durante la peor crisis de la humanidad en aquellos aciagos tiempos. Al siguiente día continuaron con los relatos. Uno tras otro llenaron los papiros untados con estuco, luego cada pieza fue recortada y doblada en forma de acordeón para hacerla más manejable.

—Yo Camé, vivía a cuerpo de rey. Gobernaba una gran ciudad, construida a mi gusto, con pirámides monumentales, amplios palacios y estelas que narraban mis triunfos. Ordené edificar una pirámide más grande, justo sobre la que estaba en la parte Sur de la Plaza Principal. Pero antes, mandé a mi ejército para invadir las ciudades cercanas de Nakbé y Uxmal, pueblos que tenían mejor comercio con la grande y lejana ciudad de

Tenochtitlán. Los vencidos nos proporcionaron esclavos para la edificación del Templo de los Jaguares.

Esperaba que nuestros dioses nos premiaran con buenas cosechas y muchos hijos. Fueron años de magnos progresos arquitectónicos, de florecimiento de las artes y las ciencias. Las edificaciones se hacían con rapidez y por todas partes se veía la gente cargando los bloques de piedra caliza, haciendo el carbón para quemar materiales, cortando los árboles más grandes para despejar los bosques, cultivando, abriendo caminos y escarbando las aguadas. Pero nuestra arrogancia hizo que poco a poco acabáramos con los bosques cercanos que se hicieron polvo de ceniza ardiente; tuvimos que acudir a tierras más alejadas para cultivarlas y hacerlas productivas.

Las familias crecían a un ritmo impresionante, ocho o más hijos era lo que cada mujer engendraba en sus vientres fértiles. Los chamanes aprendieron a usar las hierbas para curar las más variadas enfermedades. Las familias cosechaban sus plantaciones de maíz, hierbas del campo y frutos, como también se comerciaba con todo tipo de tejidos, trajes ceremoniales y productos aromáticos.

Miles de personas que emigraron de otras ciudades, se asentaron en Tekali, convirtiendo a nuestra estirpe en la más poderosa de toda la región. Las constantes incursiones guerreras, también nos proporcionaron prestigió, pero le costaron la vida a mi hijo Motul, padre de Oxib. Entonces, mi nieto y sus primos, los "gemelos sagrados" tomaron el mando.

En una habitación de palacio, Chamuc, el médico brujo y chamán sabio, preparó una pócima para el dolor. Se la dio a beber a Camé y lo dejó para que descansara. Las mujeres vinieron para dar ofrenda a los dioses, por la salud de su gobernante. Hacía muchas lunas que lo acompañaba esa extraña opresión en el pecho. Con tantos años encima, nadie entendía cómo había sobrevivido a las catástrofes más impresionantes de su época.

En tanto, los sacerdotes del templo llamaron a un cónclave urgente y tomaron una decisión. Para salvar la vida a Camé, debían realizar sacrificios de sangre. Estaba por terminar el Tzolkín o ciclo del calendario sagrado, los astros se estaban alineando en el firmamento y era la ocasión precisa para festejar el rito de las cosechas. Esa celebración se podría aprovechar para derramar la sangre de un guerrero y así los dioses alargarían la vida de Camé, el Rey Sabio. Eso pensaron los sacerdotes y no tuvieron que buscar entre los prisioneros uno a quien cortar sus genitales y verter la sangre sobre la piedra de los sacrificios. Fue Balám, su guerrero más bravo, quien ofreció su fuerza para salvar al jefe. Estaban por empezar los preparativos para la fiesta del Baktún. En tanto, el gobernante en un arranque de renovación divina, tal vez para evitar el sacrificio de su amigo Balám, se repuso y continuó dictando su relato que, por ratos, parecía una historia fantástica salida de la imaginación de un visionario.

—Durante cincuenta ciclos goberné a los itzanes y fundé la gran ciudad de Tekali, la más grande metrópoli de su tiempo, que fue sepultada por el diluvio que cubrió toda la faz de la tierra, justo después de la sequía que trajo los años del hambre. Para entonces la tierra estaba llena de árboles y flores, las montañas repletas de pájaros y jaguares; venados y armadillos pululaban por los bosques húmedos, pero todo se secó. La tierra se convirtió en un campo de fuego que se llevó las casas y los ríos. Solo el carbón esparcido de huesos y carnes chamuscadas quedó de los habitantes en la selva desolada. Árboles, venados y hombres; cosechas, armadillos, quetzales; reyes y reinas de muchas ciudades, sacerdotes, chamanes y valiosos guerreros también perecieron. Por eso tomé a los míos y un grupo pequeño de nobles para escondernos en los confines de las montañas, en las cavernas de Xibalbá. El inframundo nos protegió hasta que pasó el diluvio. Llevamos las provisiones para varias lunas, luego sacamos de las profundidades alimentos extraños, pequeños bichos desagradables que comíamos con asco a pesar del aderezo de miel de las abejas sagradas que, sabíamos, se preservaban bien en sus bolsas de cera.

Los días y noches pasaban mientras el rey seguía narrando sus hazañas. Balám fue nombrado guardián del recinto sagrado. El fiel lugarteniente se paraba estoico en la puerta mientras los jóvenes intelectuales murmuraban incrédulos. Incluso, algunos escribas se atrevieron a preguntar a Balám si todo era cierto. Él, con aire circunspecto, les contestó que sí, que todo era cierto, pero que era tan solo una parte de todo lo acontecido.

El rey ahora necesitaba de cuidados especiales. Balám se convirtió en su asistente durante la enfermedad. Encontró una forma de purificarse para el sacrificio. Estaba dispuesto a dar su vida para salvar al rey y a todo su pueblo.

—Recuerdo cuando comenzó la lluvia, —siguió contando el anciano, —pensamos que los dioses por fin nos habían escuchado. Tantos sacrificios hicimos, que Hurakán descargó su furia sobre nuestras tierras. Por eso fue que Oxib y sus primos, los "gemelos sagrados", también hicieron sangrar sus genitales y los lóbulos de sus orejas en señal de recogimiento; los sacerdotes fumaron sus pipas noche tras noche; también recogieron setas alucinógenas y se las dieron a los animales que chillaban como locos antes de ser sacrificardos en la hoguera. Ellos también comieron setas pero se intoxicaron y vomitaron durante varios días un líquido de color café verdoso a manera de penitencia para honrar a los dioses.

Para poder celebrar estos rituales, los nobles habían colocado, arriba de los templos, unos troncos que les servían para defecar. Los pobres macehuales estaban hartos de bajar las doscientas sesenta gradas a cada poco para vaciar la inmundicia en los riachuelos y todos los desechos que se producían durante los carnavales orgiásticos de la nobleza. Creo que los dioses se enojaron por los excesos de nuestro pueblo porque la peste se empezó a extender por toda la ciudad. Parecía que los sacrificios no eran del agrado de la Madre Tierra, que había engendrado a tantos hijos desobedientes dejándolos huérfanos y en la peor soledad.

El rey parecía no llevar un orden cronológico de su relato. Contaba las anécdotas en forma desordenada, hasta que, al final del día, se fue quedando en un letargo por el sopor de la tarde, cerró sus ojos y sus labios se secaron en un suspiro largo y cansado.

Capítulo II

Al siguiente día, el viejo Camé recordó, como si fuera hoy mismo, lo que Balám le narró sobre su incursión a la ciudad de Tapirí. "Llegamos sigilosos por el despeñadero. La ciudad de Tapirí estaba en silencio. Mis hombres estaban sedientos, así que nos detuvimos a llenar nuestros tecomates en una aguada cercana al Templo Mayor. De pronto vimos llegar a Oxib con antorchas prendidas por el lado de la plaza. Venían quemándolo todo, las chozas ardían como tusas secas. Pensé que esto no iba a terminar bien.

El templo estaba rodeado de champas, en las que se exhibía todo tipo de productos, los tenderos se preparaban para el día de mercado. Las escalinatas laterales del templo eran más anchas, lo que también era aprovechado por los comerciantes para instalar ventas temporales. Pero nuestros hombres ingresaron con lujo de fuerza sin respetar nada, estaban enceguecidos por la emoción de la guerra. Con largas lanzas de madera rematadas en punta de pedernal filoso rompían los techos, derribaban cada cosa y le prendían fuego a todo lo que encontraban en su camino. Al llegar a la cima del templo tuvieron terror de lo que observaron. En el Templo Mayor de la ciudad, las dos torres laterales se derretían por el calor generado a consecuencia del fuego que las consumía. El incendio se había generalizado. La cresta central del Templo Mayor resplandecía por una llamarada intensa, que chispeaba tiñendo de escarlata la negrura del cielo."

—Después supimos, contó el Rey Camé, —que los moyanos tenían la costumbre de ofrendar un tipo de aceite ceremonial, de color negro, que se extraía del inframundo. El betún espeso era comerciado entre los gobernantes más ricos porque les proveía de iluminación prolongada para los rituales de adoración. Las vasijas, con aquel aceite bituminoso, se guardaban dentro de las torres gemelas de la gran pirámide de la ciudad de Tapirí. En consecuencia, el fuego se volvió intenso y el ambiente se llenó de un aroma fétido y nauseabundo.

—En el fondo lamenté lo sucedido, pero era tarde. No pude evitar que nuestros hombres tomaran por asalto la ciudad y la destruyeran por completo. Nuestros soldados azuzados por las visiones espeluznantes se excitaron cada vez más y continuaron arremetiendo contra todo lo que encontraron a su paso. La ancestral cultura del pueblo moyano -de nobleza incomparable en esos tiempos- terminó pulverizada por las llamas. Eso me contó Balám cuando volvió de la tenue victoria que eso representó y también contó cómo mi nieto Oxib, en el peor momento de la batalla, le previno:

"Balám, ¿Qué haces? Tienes que ayudarnos a salvar las bodegas de granos. Todo se quema y así, no vamos a poder llevarnos ningún botín". Narra el rey para la memoria del tiempo lo que Balám le expuso, con tono apagado, en medio del fragor del combate: "Príncipe Oxib, Nuestros hombres no debieron quemar el pueblo de los moyanos, ellos poseen mucha sabiduría que podríamos aprovechar para refundar nuestro imperio. Hemos destrozado todo, pienso que más tarde habremos de lamentar este día. El Dios Kan de la Guerra no nos perdonará, dijo en tono de arrepentimiento. Lo hecho es irreversible, respetable héroe de los itzanes. Ahora trae a tus hombres y ayúdame a salvar los silos o todo se perderá."

El reporte oficial de Balám, indica lo que sucedió después: "Bajamos por la escalera principal hacia la plaza. Era muy peligroso caminar entre los escombros. El humo y una especie de ceniza amarillenta inundaron hasta la última partícula de aire. Cubrió nuestros cuerpos y los escudos de guerra. Se nos hacía difícil respirar y no podíamos ver más allá de nuestros brazos extendidos. Toda la selva pareció llorar por los vencidos. Sacerdotes, escribas, artesanos y constructores de la ciudad; también aquellos hombres justos, sabios y nobles cayeron abatidos bajo el yugo de nuestras lanzas. Las princesas, los verdugos y los macehuales, yacían muertos en las plazas y juegos de pelota, en los caminos y en los palacios de todo el pueblo. Fue poco lo que quedó en pie.

La base de la gran pirámide de Tapirí, la más monumental de todos los tiempos, quedó enterrada bajo escombros de carbón, piedra y cadáveres de aguerridos moyanos. Ordené a mis hombres despejar la aguada al pie del Templo

Mayor. Llenamos unas vasijas con agua y las llevamos en hombros al complejo Oeste, lugar donde se guardaban las provisiones, en los silos del palacio. No pudimos hacer mucho, pero logramos recuperar un tercio de la bodega principal. No sé si valió la pena, pero mi debilitada tropa cargó en grandes cacastes una parte de las provisiones para llevarlas a nuestra ciudad, mientras un grupo de prisioneras fueron obligadas a prepararles alimentos a nuestros guerreros.

Por varias horas se escucharon los alaridos de las mujeres moyanas -morenas fuertes, de vientre fértil- cuando eran violadas por nuestros soldados. También se escuchaban los gritos de los niños cuyos cuerpos eran estrellados contra las piedras y luego lanzados a las zanjas donde les prendían fuego. Ni hablar de los ancianos, asesinados a mansalva justificada apenas por la lógica de la guerra. Fue difícil controlar a mis guerreros, hasta que finalmente le rogué a Oxib que regresáramos. Casi todos lo hicimos, menos los "gemelos sagrados", hijos de Huná "el divino". Ellos se quedaron -junto con unos pocos sobrevivientes moyanos- para implantar un nuevo reino. Tomaron como esposas a las descendientes del Rey Moyab y mandaron a esculpir unos fastuosos frisos con sus imágenes para que el pueblo moyano les rindiera culto. Unas lunas más tarde, al ver que nada quedaba del esplendor de Tapirí, se llevaron a sus esposas, su dote y sus mascotas en un viaje -muy accidentado- de regreso a Tekali."

Camé contó que, a su llegada, los "gemelos sagrados" se sorprendieron por el deterioro del Pueblo Itzán. Los niños lucían desnutridos, las madres parecían espectros de ojos hundidos y pechos disecados. La mitad de los ancianos habían muerto con la última ola de calor que se desató en el día de luz más corto del año, inicio del ritual para recoger las cosechas. Pero la sequía no permitía que los campos fructificaran. Otros citadinos vagaban moribundos, atacados por la peste que obligó a sitiar la ciudad. Fueron meses de cuarentena en los cuales la diarrea diezmó a la población dejando pocos sobrevivientes. Los sacerdotes culparon a los moyanos que llegaron con el ejército. Otros culparon a las ratas que murieron ahogadas en las aguadas, cuando la sequía se hizo extensiva en todas las regiones y los animales sedientos se lanzaron en ellas. Luego los itzanes bebieron del agua contaminada y empezaron a sufrir una serie de enfermedades de la piel como la tiña, el eczema y toda clase de hongos que les provocaban a los niños, llagas en los ojos y la boca. Las mujeres embarazadas parían hijos sin manos, sin nariz y sin orejas. Los prisioneros llevados de la guerra morían diezmados por la peste y las intensas jornadas de trabajo para enterrar a los muertos, sin que les pudiéramos dar alimentos.

Solo ciertos sacerdotes, nobles y escribas tenían privilegios, los otros la pasaban como podían. Los artesanos y mercaderes fueron los primeros en irse; unos a las tierras bajas, otros a las tierras altas. Se llevaron sus enseres y su mercadería que hicieron trueque por comida. Bebieron de los cenotes sagrados en caminos alejados de la peste y se alimentaron de los peces traídos del mar. Aún con ello, muchos de los que emigraron fueron cercados por las llamas de los incendios que brotaban como burbujas del infierno por todo el territorio, sin ninguna provocación aparente. Solo se quedaron los agricultores, los que cosechaban para los nobles, pero un buen día estos campesinos pobres ya no pudieron más y se rebelaron. Tomaron las macanas, se reunieron en la plaza y con mucho sigilo, subieron las escalinatas hacia la cúspide del templo en donde los nobles se reunían para dar rienda suelta a sus bacanales.

Esa noche, los sacerdotes, nobles y escribas hacían sacrificios a los dioses. Unos yacían completamente embriagados por haber bebido en exceso del brebaje de los tres días. El líquido fermentado y lechoso les corría por toda la cara; resbalaba sobre sus trajes de pieles y vistosas plumas, cuando perdían el tino al empinarse los pumpos de calabaza.

Un grupo de nobles había llevado esa noche a un jovenzuelo, un pintorcillo de palacio de finos modales y andar amanerado y lo tenían sentado sobre una estera posando como estatua de piedra. Le habían dado a comer de las setas alucinógenas que crecían en las cuevas del mundo subterráneo. Los nobles lo estaban sodomizando, uno por uno. Luego de varios turnos, su cuerpo era sólo un guiñapo sucio y sanguinolento. A cada empujón de falo dentro de su ano, el pobrecito vomitaba y defecaba abundantemente. Otros se quedaron mirando el espectáculo y, entre ellos, se reían de las bromas de un bufón del templo, quien se acurrucaba en una esquina aplaudiendo como enajenado a cuanta barbaridad inventaban los nobles con el desdichado joven.

Un sacerdote, con dotes de chamán, contó que en los buenos tiempos, cuando los dioses escuchaban sus súplicas y bendecían los rituales de sacrificios, violaron a trece vírgenes impúberes en uno de los bacanales de mejor recordación, cuando el príncipe Motul aún vivía. —Ahh… tiempos aquellos—, alcanzó a escuchar el hijo de un campesino, quien se acercó por el lado Este de la crestería con un puñal de obsidiana en la mano, listo para el ataque.

—Cuando Motul, hijo de Camé y padre de Oxib, aún vivía, traíamos mujeres de todas las comarcas. Las pobrecitas subían al templo asustadas creyendo que íbamos a sacrificarlas, pero en su lugar, les enseñábamos a complacer a los dioses por medio de los placeres de la carne, ¡esos eran buenos tiempos!, —exclamó un sacerdote bajito de cara redonda y mirada libidinosa. —Hoy solo tenemos desgracias, y esa lluvia que se ha vuelto tan esquiva nos está haciendo impopulares con toda esa retahíla de pobretones que nos acechan, —se quejó el sacerdote.

—Tienes razón Sacerdote del Agua, ahora nos conformamos con este pintorcillo o alguno de los jóvenes alegres que se entregan ansiosos a cambio de unos granos de maíz. No tenemos más pueblos que saquear. Todos están en la lipidia, —dijo resignado levantando su mandíbula hacia donde se hallaba el guardián del templo, quien había estado en las gloriosas batallas del ejército victorioso de los itzanes. El guerrero asintió con la cabeza y siguió ensimismado en reparar su escudo de pieles muy raído.

*****

Los vieron hasta cuando ya los tenían encima. Aquellos habitantes harapientos y sucios traían el odio en sus ojos como demonios infernales, mientras los sacerdotes y los nobles parecían unos muertos vivientes, completamente rendidos por días interminables de lujuria. Esa noche, las macanas y lanzas de piedra rayo se clavaron en los corazones de la casta gobernante. La sangre corrió a borbollones, cuando los cuerpos de la élite itzán fue traspasada por la ira de los campesinos rabiosos. La estirpe del Jaguar Dorado sucumbió a la guerra del hambre. Sus corazones sangrantes sirvieron de alimento a los desposeídos. No quedó nada de los cuerpos musculosos de los guerreros de antaño, ni de los nobles, escribas y artistas. Les quitaron sus finos ropajes, bebieron su sangre y comieron su carne, en un rito grotesco de sobrevivencia. Hasta sus huesos sirvieron para fabricar herramientas, por eso sus restos nunca fueron encontrados.

Los que estaban abajo vieron cómo los hilos de sangre -de linaje noble- bajaron, uno a uno, los peldaños de la gran escalinata, hasta recorrer el espacio entre la base y la piedra de sacrificios. Rodaron los borbollones del espeso líquido grana sobre los mascarones tiñendo los glifos esculpidos en relieve sobre las calizas. Cayó la noche que se hizo eterna, porque no amaneció nunca para todos los abatidos.

—Por suerte, Xarín y yo fuimos alertados por Balám, porque el yerno de éste, quien se encargaba de cobrar los tributos de las cosechas, escuchó a los campesinos cuando planificaban el ataque. Avisaron a Oxib y a los "gemelos sagrados", quienes tomaron a sus esposas e hijos, recogieron algunas provisiones y después salimos sigilosos con rumbo a la entrada del inframundo. Nos llevamos algunos macehuales para que nos cargaran a cuestas, unas cuantas vasijas con granos y unos pocos cacastes con las pertenencias más preciadas. Llegamos a Xibalbá justo a tiempo para llenar los tecomates con agua fresca del arroyo subterráneo. En todo el recorrido solo encontramos aguadas secas, agrietadas por el quemante sol del ingrato verano que duró cuarenta lunas.

En Tekali, la orgía de sangre de los campesinos hambrientos duró siete kines, hasta que no quedó más que carne podrida en un esperpéntico cuadro devastador. La sangre se secó sobre el dintel de chicozapote que sobrevivió durante varios katunes hasta la llegada del séptimo sol. La imagen de un rey, sentado en su trono, permaneció muda durante siglos, enterrada en los escombros de aquel apocalipsis.

Después del séptimo kin, todos se fueron. El hambre volvió a permear los estómagos vacíos, los muertos vivientes pulularon entre las siembras derrotadas y se perdieron en el tiempo del olvido. Se arrastraron hasta que la sangre se secó en sus venas y los zompopos cargaron en pedazos la piel disecada para abastecer sus troneras. Los vencidos se convirtieron en alimento de las ratas, en fétidos excrementos que fertilizaron los campos después del embate del Dios Hurakán.

En el último día del desenfreno, el sol se unió con la luna. Luego, todo quedó a oscuras y tuvieron miedo de los dioses. El baño de sangre no era agradable a los ojos de sus deidades. El Dios del Trueno anunció el castigo divino y entonces sobrevino el diluvio.

Hurakán estaba enojado. El viento del Este trajo unos nimbos que cubrieron el cielo, primero de blanco, luego de gris y después de negro. El día se convirtió en una noche tenebrosa. Las noticias de los mensajeros llegaron por todos los sakbés, que conectaban con las comarcas más lejanas.

Los Avilix también fueron alertados y escaparon, aunque no hubo tiempo de preparar la huida. De pronto el viento levantó los árboles quemados, los animales volaron como cometas en el viento de otoño, arremolinados entre los escombros calcinados de la madre naturaleza. Lluvia y granizo, rocas y hasta las piedras de los templos cayeron sobre la gente. Todo quedó anegado, se cubrió de lodo, la tierra se hizo río, la tierra se hizo mar, la tierra no fue más, porque se perdió en el abismo del océano. —El anciano rey lo narraba todo con tal precisión, que los fieles escribas empezaron a llorar. Luego, Balám los mandó a descansar. A la mañana siguiente tendrían que continuar escribiendo la historia de los itzanes según el Rey Camé.

Capítulo III

La densidad de la selva se extendía en todas direcciones, lo que hacía difícil caminarla. A golpe de machete, dos figuras se abrían paso entre los matorrales llenos de marañas espinosas. Con la experiencia de quien conoce el territorio, los hombres avanzaron hacia un punto en donde la espesura se veía más elevada. Uno de ellos se detuvo a examinar un objeto y con las manos apartó el monte que lo cubría.

—¡Chali, Chali!, encontré algo. El amigo se acercó sobre su hombro y pudo ver la piedra rectangular que sobresalía ligeramente entre la maleza.

—¡Ahh!, ésta parece que es de las buenas, debe haber otras por aquí cerca. Traé la pica, intentemos sacarla sin lastimar la talla. —Aconsejó Chali.

—Tenés razón, este tipo de escultura tan elaborada no es usual en esta parte de la región. Está muy pesada, es mejor que lo hagamos con cuidado y usemos una cuerda para halarla.

—¡Ya la hicimos, Beto! Don Óscar se va a alegrar cuando la vea.

—¡Viene saliendo! halá duro para que salga de una vez, —exclamó Beto visiblemente emocionado. —Espero que sea otro entierro como el del mes pasado, seguro que Don Óscar Hesse nos pagará muy bien si le llevamos material del bueno.

—Claro que sí manito, tráeme la linterna porque se ve como que abajo hay un hoyo.

—Va, esperate pues.

—Apurate vos, que no tenemos todo el tiempo del mundo. Pueden venir los guardaparques y nos van a joder, —expresó Chali, chasqueando los dedos.

—No te preocupés, esos no se aparecen por aquí, acordate que nos tienen miedo y ni armados andan. Solo les enseñamos la escopeta y salen huyendo. Son bien maricas esos pisados, —dijo Beto, mostrando su escopeta Maverick recortada que no abandonaba ni para hacer sus necesidades.

—Sí pues, pero dale que ya va amanecer.

Beto levantó el brazo para alcanzar la linterna. Alumbró el interior y de inmediato notó el objeto cubierto de barro en el fondo. Por experiencia sabía de lo que se trataba.

—Parece que encontramos una vasija vos.

—¡Noo!, ¿en serio? Qué buena onda. Con ese pisto le compro su juego de ollas de peltre a mi mujer.

—Bueno, pero no vendás el cuero antes de cazar al venado. Mejor vení, ayudame a sacarla despacio para que no se rompa. Ya sabés que estas cosas se quiebran fácilmente. —Después dicen que los saqueadores somos unos desconsiderados que no respetamos el patrimonio nacional, —expuso Chali con sorna.

—Ja, ja, ja, vos sí que sos payaso. Al fin de cuentas las cosas hay que desenterrarlas para que alguien saque provecho de eso ¿no?, —contestó el otro más pícaro.

—Además, todos ganan, nosotros los pobres, porque les damos de comer a nuestros hijos y la gente como Hesse, que vende las piezas a los ricos para que las muestren en sus mansiones a los amigos.

—Tenés razón Chali, ¿te acordás de aquel presidente mandamás al que le vendimos varias piezas?

—Me acuerdo pues. Hasta nos regateó el cabrón y eso que no era su pisto.

—Mejor ayudame. Hay que levantar otras piedras que están bien pegadas.

—Hacele cuña con mi machete, pero con cuidado para que no se doble, —sugirió Chali, dándole la herramienta por el mango.

—Con suerte comeremos carne este mes con lo que nos darán por esta pieza.

Beto hizo una maniobra con el machete y logró desencajar la piedra dejando al descubierto un hueco inusitadamente grande. Las piezas completas se vendían muy bien entre los traficantes alemanes e ingleses que siempre estaban dispuestos a pagar los precios más altos. Otras piezas de menor valor las adquirían los magnates norteamericanos a quienes les gustaba apantallar con reliquias arqueológicas del tercer mundo. Beto y Chali, dos peteneros, hacían del saqueo su *modus vivendi*.

—Ya viene vos, qué pieza más pesada.

—Aguantala, no la vayás a dejar caer porque te rompo la jeta, —le advirtió Chali.

—¡No hombre! Ni que fuera baboso, —se defendió Chali.

— ¡Ya la tengo! Solo hay que halarla un poco más.

Beto fue sacando del fango la pieza muy despacio. Era una pieza de forma cilíndrica, lo que le pareció extraño. Era poco común encontrar piezas tan enteras y de ese tamaño. Presintió que se encontraba frente a un descubrimiento importante.

—Vos Chali, mirá que belleza de vasija, mano. En todos los años que llevo en el oficio nunca vi una cosa parecida, —afirmó Beto, mientras limpiaba el barro con un trapo sucio.

—Ni yo tampoco, la mayoría son más pequeñas, ésta es una preciosura pero además tiene una tapadera. Usemos el gancho para escarbar alrededor y destaparla sin dañar la orilla.

Chali buscó entre el morral una especie de gubia oxidada y con ella empezó a escarbar suavemente alrededor del borde superior. La tapa también estaba decorada en colores rojizos como el resto de la vasija. Al principio fue muy difícil sacarla, pero fue cediendo hasta soltar la arenilla acumulada.

Chali y Beto se miraron en el mismo instante en que sus ojos se iluminaban como luciérnagas del alba al ver que, dentro de la vasija, había un pedazo de papiro enrollado. Guardaron silencio por unos segundos y luego los dos gritaron al unísono.

—¿Quéeee?

—Es increíble Chali, por ésta le vamos a sacar buen dinero a Óscar Hesse, —comentó Beto, con la adrenalina a tope.

—Saquemos el rollo para ver qué es.

—No, mejor guardémoslo y venimos mañana para ver si hay más de éstas aquí adentro. Si lo tocamos se va a ensuciar y nos pagarán menos.

—Ok, pero mañana traemos la pala y un par de picas pequeñas.

En total, los amigos suertudos, extrajeron 18 vasijas con pliegos de unos dos metros de largo por treinta centímetros de ancho cada uno. Las envolvieron en hojas de plátano y las llevaron en sus morrales hasta un escondite en la selva. Días más tarde, contactaron a Óscar Hesse, el traficante de piezas arqueológicas más conocido de la zona.

—Don Óscar, —dijo Beto y entró en el recinto saludando con el sombrero en ademán de respeto.

—Estoy seguro que no ha visto nada como esto en toda su vida.

—Veremos, —contestó Don Óscar en tono parco como suelen ser los alemanes. —Ustedes son muy exagerados. Pero si lo que me cuentan es cierto, tengan por seguro que obtendrán lo que se merecen.

—Claro que no, Don Hesse, —se adelantó a decir Chali, —esto que le traemos, ni nosotros mismos lo habíamos visto por aquí. Pero hay que tener mucho cuidado, esta mercancía es solo para clientes especiales como usted sabe, —le dijo en tono lambiscón mientras frotaba sus dedos para indicar que los posibles compradores debían tener bastante dinero.

Don Óscar, como buen negociante, se encargó de minimizar el valor de la mercancía, pero sus ojos dejaban entrever unas chispas de ambición con cada pieza que iban sacando los depredadores.

Al finalizar la transacción, los dos amigos no cabían en sí mismos. Por cada vasija les dieron mil dólares. Era suficiente para mantener a sus familias, al menos, por un año.

Regresaron al pueblo en donde no tuvieron problema para cambiar los dólares. Los billetes americanos circulaban por la región casi como moneda local, gracias a la presencia de los narcotraficantes y al turismo que era atraído por las majestuosas ruinas que constantemente se descubrían.

Los saqueadores tuvieron suerte, pero a Don Óscar Hesse el destino le tenía preparada una desagradable sorpresa. Para poder llevar la mercancía hacia el Norte, el alemán alquiló unos caballos. Con ellos pretendía sacar las vasijas por el lado de Betel, de allí por el Usumacinta hasta llegar al Golfo de México en donde lo esperaban unos compradores que las llevarían en yate hasta Miami. Pero en el camino, fue copado por un convoy de la policía que, supuestamente, perseguía a unos narcos. Los caballos huyeron en estampida cuando se desató la balacera entre los custodios de Don Óscar quienes, con una rápida peripecia, lograron ponerlo a salvo entre los pastizales y contestaron al ataque con ráfagas de AK-47 y Mini-Uzi. Atrás venía un contingente de soldados porque el operativo había sido coordinado días antes con todas las fuerzas del orden. La tropa repelió el ataque, pero no pudieron evitar algunas bajas y seis heridos. Dos custodios murieron y los demás fueron apresados y consignados para enfrentar cargos. A Don Óscar se le acabaron los buenos tiempos y terminó en "el infiernito", una cárcel de mala muerte que se incendió unos años más tarde con todos los reos adentro.

Para sorpresa de las autoridades, los paquetes no contenían drogas sino una mercancía de otro tipo. Pero como la gente siempre habla, unos apuntan que la culpa de todo la tuvo Doña Tula, la esposa de Don Óscar Hesse. Dicen que ella, una mujer tosca y pendenciera, mantenía un romance con un soldadito de tercera destacado en la base de Poptún. A sabiendas que su esposo iría a dejar la mercancía, citó al amante en su casa. Este resultó ser un informante que investigaba a los depredadores de piezas arqueológicas en la zona y tenía al alemán en la mira. Mister Hesse, como le decían en los círculos más exclusivos de la capital, fue llevado a prisión, y las piezas junto con los manuscritos guardados por siglos en la profundidad de la selva, fueron enviados en custodia a la base de investigaciones arqueológicas dirigida por el Doctor Alfred Deschamps.

Capítulo IV

En un nuevo amanecer, las formas y diseños de una obra artística se imponen. Esto alegra sobremanera al maestro artesano Tulám, quien se fajó picando la piedra de los primeros altares en la esplendorosa ciudad de Quetzumal. Hoy, el maestro se encuentra atareado en el patio, esculpiendo sobre un pedrusco calizo con una maza de mango de palo de jiote y un taladro que lleva amarrada una punta de piedra rayo, porque el tiempo del Rey Camé llega a su fin y él debe dejar inscrito en la roca para todos los tiempos la historia y las profecías del gobernante sabio de los itzanes. Lo acompañan cuatro mozuelos quienes son principiantes, ellos se arrejuntan rodeando al maestro con marcado interés de aprender los gajes del oficio.

El Maestro Tulám les explica los modos y destrezas para hacer bien la escultura en piedra, siguiendo el trazo de los garabatos pintados en un largo papel hecho de corteza de matapalo untado con un estuco de agua caliza. Las imágenes sobre los lienzos, muestran escenas cotidianas de los gobernantes y triunfos heroicos de los itzanes. Los cuadros lucen sus vivos colores de cochinilla con terracota y carbón de matilisguate en flor, que forman los símbolos transformados en líneas abstractas. Se observan algunos retratos de guacamayas, de sapos, de candiles, de jaguares pintados con lunares y algunas flores de campo junto a otros objetos usados para calentar el copal y el incienso de los sacerdotes. Los reyes lucen en el torso ornamentos de cerámica, de jade, de hueso y concha nácar. Un personaje tiene un taparrabo que sale del torso, con pieles de gato salvaje y telas enhebradas con cuero de cascabel. Los caites de piel encurtida llevan tallados de fuego en las orillas, en señal del origen distinguido de sus portadores. Usan también penachos de plumas de quetzal o unas coronas de madera tallada y los señores principales están sentados en tronos de piedra, sobre unos colchoncillos rellenos de pajonales. Hay cuadros que parecen piedrecillas esculpidas en ambos lados del papiro, en donde se dibujan con puntos y rayas las fechas de algún acontecimiento importante. Se narran batallas, triunfos, derrotas, sacrificios y ofrendas de bacanales, y todo tipo de historias que aguanta el papiro para que luego sea tallado por los principiantes, quienes son instruidos por el Maestro Tulám, escultor en jefe.

—Deben seguir las líneas según la figura de las estampas que se les dieron, —explica Tulám a sus noveles alumnos y continúa, —es cuestión de hacerlo despacio, para que cada silueta, símbolo o fecha queden perfectamente zurcidos en estuco. Recuerden que estos tetuntes son muy suaves y cualquier caída los hace romperse en pedazos, —les sugirió para que no hicieran el trabajo por gusto y tuvieran que repetir después toda la pieza.

—Maestro, dijo un tímido ixchoco de rostro fino y delicado quien mostraba más talento que los demás, —si se rompen podríamos usar una mezcla de estuco con huevo de gallina para reparar cualquier daño, —le propuso.

—De que se puede, se puede, pero lo aconsejable es evitar que se nos rajen para no tener que halar más piedras, porque a los macehuales les cuesta traerlas. Además, el rey está muy enfermo, no es cuestión de andar desperdiciando el tiempo. Ese graderío tallado tiene que estar terminado antes que empiece la cosecha y aún falta mucho trabajo. La obra de la escalinata tiene fecha de celebración, así que dejen de estarse con arrumacos entre ustedes o de estar coqueteando con las patojas que les traen la comida y pónganse a trabajar, porque el recuento de las hazañas de nuestro pueblo merece respeto. ¿No ven que así es como nuestros descendientes nos van a recordar? ¡A trabajar, pues!, —ordenó en tono imperativo.

—Apúrense pues muchá, —repitió el más alto y delgado de todos, y se dispuso a tomar sus herramientas para empezar a tallar una nueva pieza traída sobre los lomos sudorosos de los esclavos.

Esa mañana había un sol que chamuscaba las frentes color de barro cocido, pero todos estaban de buen humor. El rey gozaba de una mejoría evidente, de ésas que suelen venir de repente cuando el cuerpo está por exhalar su último suspiro. Una sonrisa tonta asomaba en sus labios y no había estado tan animado desde que se iniciaron los trabajos en La Escalinata de Caracol.

De acuerdo al diseño, los bloques pegados unos con otros formaban un círculo que no se cerraba sino que se alzaba hacia otro círculo que, a su vez, ascendía a otro nivel haciendo un nuevo círculo, formando una especie de torre que debía rematarse con una estela que representaba al Rey Camé y a la Reyna Xarín, de cuyas manos brotaba un chipi chipi de granos de maíz de todos colores.

Según los planos, a los que solo la élite tenía acceso, la escultura tallada en bajo relieve sobre una piedra monolítica traída de las montañas del jade, estaría cubierta con hojas de manaco asoleadas, reposadas sobre vigas de chicozapote escarbada de forma reticulada según el estilo copiado de los templos de Uxmal, ciudad saqueada por los itzanes en tiempos del gran guerrero Motul. Este sería también un recinto para albergar una serie de recuerdos conmemorativos, tales como vasijas y máscaras de jade y también instrumentos e incensarios que serían usados en las fiestas de inicio del Baktún.

Todas las actividades del pueblo giraban en torno a estas fiestas del calendario sagrado porque los habitantes eran dados a todo lo que tuviera que ver con celebraciones, sobre todo donde el elíxir de los tres días fluía como el Rio de la Culebra, ese río largo y ensortijado que pasaba cerca de las ciudades comerciales. Pero era, precisamente, la bebida espirituosa la que ocupaba el puesto de honor entre los itzanes y los extranjeros que venían de todas las regiones para unirse al bacanal de las actividades religiosas por el cambio de Era.

Algunos artesanos avilix y escultores copanes, quienes ayudaban a tallar y pintar la escalinata en espiral, también se unieron a la tropa carnavalesca. Los había llevado el Maestro Tulám, porque sus esculturas tenían un preciosismo inigualable y detalles muy elaborados, por lo que estos artistas de la región de Copán se encontraban entre los más habilidosos del mundo conocido.

Escribas y pintores se encargaban de plasmar en lienzos los dictados del rey. Las mujeres, que por las mañanas barrían la polvareda con escobas hechas de ramas de talpajocote, de cuando en cuando, sobre todo por las tardes, llevaban agua para los obreros en pumpos de tecomate sazón. En tanto, los sembradores preparaban los campos con arados hechos de madera de volador, mientras otros artesanos elaboraban disfraces que hacían felices a los más jóvenes.

La ciudad entera estaba inmersa en los preparativos de las fiestas rituales; los campesinos en la siembra, los macehuales cargando piedras desde las canteras, mientras los arquitectos planificaban y los escultores forjaban la roca con los relatos del gran imperio. La ciudad, por aquellos días, se había convertido en el centro de todas las civilizaciones conocidas, era la más próspera y la más bella. El Pueblo Itzán, se había olvidado de su antiguo asentamiento. Nadie se recordaba de la fastuosa Tekali. Incluso, la antigua Tapirí con su enorme pirámide y sus torres gemelas había sido olvidada.

Pronto la selva se encargó de devorar -palmo a palmo- el antiguo asentamiento de los itzanes. Solo en los cuentos de los ancianos se hablaba de esas esplendorosas urbes. Incluso, los más jóvenes pensaban que eran inventos fantásticos del viejo gobernante. Cuentos de espantos para asustar y mantener controlada a la población; relatos que daban cuenta de cómo Los Principales de estas ciudades habían perecido a manos de los rebeldes campesinos alzados en armas y cómo sus huesos roídos se perdieron en la enfermedad del olvido, pulverizados tal vez por la densa humedad que manó de la gran tormenta enviada por Hurakán como un castigo de los dioses por haber tocado la sangre de los nobles y los gobernantes.

Para entonces, la bella urbe de Quetzumal había surgido de los escombros selváticos, de las tierras condenadas por las rozas para convertirse en ciudad sagrada de la Nueva Era. Este asentamiento de los itzanes, se fue tallando desde sus cimientos con un preciosismo mayor que el de las ciudades antiguas. Se extendía más allá del horizonte y albergaba a cerca de un millón de habitantes. Esta poderosa ciudad llegó a resguardar a los fieles súbditos de Camé y a toda su estirpe. El secreto de su construcción y la tecnología utilizada se guardó celosamente.

*****

En el nacimiento de un nuevo día, los escribas madrugaron para reanudar su trabajo. Sin embargo, el Rey Camé se sentía agotado y le pidió a Chamuc que le diera de esa pócima sagrada que él preparaba para tener energía y así poder terminar su relato. Después que el brujo del humo le dio la pócima, el rey continuó con una euforia inusitada, por lo que el brujo tuvo que instalarse al lado de los escribas y tomar nota para poder seguirle el ritmo a su rey.

—En un ciclo del tiempo, cuando aún el tiempo no existía, —empezó a contar con la lengua ligeramente enredada por el efecto del brebaje.

—Sucedió que toda la superficie, más allá del horizonte, se cubrió de pastizales impúdicamente verdes. Los árboles, como en mágico cuento encantado, surgieron de repente para luego, en el instante de una estrella fugaz, convertirse en gigantes majestuosos que se cargaron con hálitos de vida en cada fruto de su cosecha. Se abrió la tierra con hilos de agua cristalina que galoparon abriéndose paso entre las montañas y surcando los valles o llenando sus depresiones e internándose en los huecos de las cuevas, para brotar en cascadas que manaban de los riscos veteados de minerales cársticos.

Después de la tormenta, cuando los cielos fueron grises durante un ciclo, la bóveda celeste apareció de nuevo; el astro gigante dejó caer sus rayos sobre la piedra sagrada y su luz se fue posando en el espacio claro del medidor del tiempo para marcar el inicio del amanecer en la hora primera del Año Cero.

De las cuevas más profundas, de los montes más altos, del fondo de los pantanos, surgió la vida de nuevo; animales de todas las especies que resistieron al diluvio, salieron de sus madrigueras en donde estuvieron ocultos para no ser arrastrados por el alud que anegó por completo las comarcas. Poco a poco, las criaturas más extrañas respiraron el oxígeno diáfano y en un ímpetu de sobrevivencia se aparearon con un frenesí propio de su naturaleza salvaje, hasta procrear una nueva generación de seres vivos y mortales.

Los sujetos más extraños de todos, hombres y mujeres de razas diversas, también salieron de sus escondites. Todos se levantaron del letargo del miedo. Se arrastraron desde el fondo del infierno con gran pesadumbre por todos los caídos, los que dejaron atrás, los que no los acompañarían en la Era del Fin y el Principio de Todos los Tiempos, —dijo el Rey Camé. El brujo estaba tan absorto en la historia que apenas garabateaba en su lienzo para no perder detalle, luego habría de reconstruir cada palabra de su rey. —Un suspiro largo y Camé continuó.

—Las bestias se unieron en grupos homogéneos para protegerse de los depredadores. Hombres y mujeres se articularon en clanes para recorrer juntos una misma senda. Comprendieron que debían permanecer juntos para cuidarse de los enemigos y de las fieras al acecho. No sabían del objetivo de su existencia. Solo que la vida hay que preservarla, porque vale la pena vivirla, aún con sus múltiples defectos.

—Me reconocí entre ellos. Vivíamos en paz, porque éramos todos iguales. Recorríamos los campos, los bosques y los montes recolectando bayas, hierbas, semillas y tubérculos. También cazábamos animales pequeños que luego compartíamos entre todos los del grupo. Éramos seres primitivos, libres y salvajes, sin rumbo definido. No teníamos reyes, ni jefes, ni aristocracia, ni castas, ni clases. En esos días remotos, nunca tuvimos hambre ni sed porque éramos pocos. Pero, a veces, veíamos a los nuestros enfermar y no podíamos hacer nada, solo los dejábamos dormir bajo la tierra, cerrando sus cavidades oculares para que el sueño eterno los envolviera en el abismo del infinito.

Sentimos pena y tristeza por los que se quedaron en el camino, los niños y los viejos que murieron con gran sufrimiento y dolor. Se veían tan solos, envueltos en hojas de los árboles o en pieles que usábamos como abrigo. Algunas veces, como en una escena macabra, los vimos cuando eran devorados por las fieras y desde adentro, un extraño sentimiento de pena nos acongojó durante muchos días. Se regó el campo con sangre de hombre patudo y andador, sangre de pecho de quetzal herido y, cuando las lágrimas brotaron silenciosas, aprendimos a llorar a nuestros muertos.

Andábamos todos desnudos, no teníamos nada, solo nuestras manos para agarrar a los venados y comadrejas. Comíamos la carne cruda, desollando animales y bebiendo su sangre. Vimos que las piedras eran buenas herramientas para cortar y quebrar los frutos. Las mujeres también recogieron piedras y las usaron para macerar semillas. Los hombres fabricamos lanzas para cazar animales más grandes, cuando el clan empezó a sobrepoblarse y los animales pequeños fueron insuficientes.

Mi pueblo se hizo más numeroso, así que nos unimos para formar un grupo de caza eficiente. Los monstruos eran impredecibles y debíamos afinar la estrategia para doblegarlos, habían de cuerpo enorme, con afilados dientes y cuernos encorvados. Al principio les teníamos miedo, pero descubrimos que podíamos atacarles con piedras y lanzas hasta dominar su naturaleza salvaje. Así aprendimos del poder para sojuzgar, oprimir y esclavizar a cuanta criatura osaba oponerse a nuestros deseos y necesidades elementales. Domeñamos a las bestias, a las que sometimos para saciar el hambre con su carne y la sed con su sangre.

Pero sucedió que, cuando el cielo dejó de llorar, las yerbas se secaron prendiéndose en fuego. Muchos animales cayeron emboscados por las llamas, pereciendo calcinados. Estábamos hambrientos, por lo que comimos de aquellos animales muertos. Su carne era más suave que la carne viva. Corrimos para llevar la noticia a los ancianos, ellos dieron gracias por el fuego y desde entonces, mantuvimos una llama encendida. A todos los lugares donde nos llevó la suerte, acarreamos nuestra luz resplandeciente hasta que aprendimos a frotar las ramas para crear las hogueras. Éramos muy felices y en las noches cálidas danzábamos congregados alrededor de las llamas, sobre todo durante las lunas llenas. Los movimientos frenéticos nos hacían enloquecer de alegría y terminábamos dando rienda suelta a la lujuria y sucedió que muchas mujeres quedaron preñadas y tuvimos más niños que alimentar. Los ancianos pronosticaron que nuestra estirpe sería inmortal hasta el final de todos los tiempos.

En ese momento, no estábamos preocupados por la comida, pues había en abundancia para todos. Además, las mujeres daban a luz niños robustos que, al crecer, ayudaban a sus madres con las tareas domésticas. Los padres vieron que una descendencia numerosa era buena. Ellos, los hijos, cuidarían de los viejos y velarían por el bienestar de todo el grupo. Sin embargo, cuando fueron muchos, empezaron a pelearse por las presas de caza. Los animales salvajes eran desollados y devorados casi vivos por aquellos que no querían quedarse sin su tajada. Las mujeres se apareaban y parían con frenesí hasta que empezó a faltar fuego para abastecer a todas las familias; se dieron muchas peleas en donde, unas a otras, se halaban del cabello hasta sangrar. Los hombres se liaban a golpes por hacerse de pequeños animales del bosque con los que podrían alimentar a los suyos; los ancianos vieron que tenían que poner orden para que su pueblo no sucumbiera. Yo me aparté, un poco, para meditar sobre cómo evitar que nuestro pueblo se destruyera a sí mismo. Luego de mis cavilaciones, empecé a predicar sobre el amor al prójimo, les propuse un sistema de orden social y unas leyes que todos debíamos respetar para mantener la armonía. Por eso me convirtieron en su líder.

En aquellos tiempos, los hombres y las mujeres no creían en dioses, así que mis seguidores y un grupo de ancianos los inventaron. La primera en surgir fue la Diosa de la Madre Tierra, luego el Dios Sol y la Diosa Luna. No podía faltar el Dios del Fuego, ni la Diosa de la Fertilidad que había ayudado a parir tantos hijos para hacer crecer un pueblo tan grande y poderoso como pocos habían visto hasta entonces. Éramos gente de pensamiento sencillo, por eso rápido creímos y comenzamos a adorar a estas deidades haciéndoles altares, estatuas y ofrendas. Luego inventamos los castigos divinos para paliar la lujuria y controlar a todos. Así nacieron los pecados mortales, los cultos y ritos, los cielos, los infiernos y los limbos, los fantasmas ocultos y los muertos vivos. Entonces, aprendimos a temer más a los dioses que a los hombres.

Pero los dioses sirvieron para apaciguarnos. Por un tiempo dejamos los pleitos, la promiscuidad; dejamos los robos de animales domésticos, vivíamos en armonía comiendo y bebiendo todo lo que la Diosa de la Madre Tierra nos proporcionaba en abundancia. Las mujeres recolectaban semillas del bosque y los hombres cazábamos venados, armadillos o algún roedor desprevenido. Un día las mujeres trajeron unos frutos llenos de granos que venían envueltos en hojas verdes. Con los días, los granos se endurecieron y se tornaron amarillos. Los frutos se secaron, pero las mujeres, siempre tan creativas, los aplastaron con piedras hasta hacer un polvo suave que luego cocinaron. El invento fue recibido con entusiasmo y trajo grandes avances para nuestro pueblo. Los granos que quedaron regados en la tierra, dieron frutos de nuevo y así usamos las sagradas semillas para hacer bebidas embriagantes o comidas exóticas.

Camé paró unos segundos, el brujo Chamuc estaba a punto de entrar en trance por haberse quedado ensimismado oyendo las revelaciones.

—¡Despierta viejo mañoso! Le gritó haciendo que el pobre brujo se cayera de la hamaca que había colocado para estar más cómodo durante las largas jornadas de dictados proféticos. —Prepárame otro té de hojas putumayas y toma un poco también. Chamuc asintió y aprovechó para estirarse un poco porque sus huesos estaban tullidos por permanecer en la misma posición durante horas. Ambos bebieron y continuaron con la tarea.

—Una mujer se internó en el bosque para dar a luz y olvidó un perol con agua y granos sagrados que se fermentó. Ella volvió a los tres días y encontró a su hombre muy cambiado. Supo que él, en su ausencia, estuvo tomando de aquel brebaje hasta que se sintió contento y mareado, pero con una sensación placentera que comentó con los amigos. La bebida de los tres días, como la llamamos desde entonces, se convirtió en moda y luego en una costumbre que se fue arraigando, sobre todo entre los varones.

El efecto de la bebida nos ponía de buen humor, nos hacía felices y después de unos tragos, comenzábamos a danzar, reír o llorar. Incluso un pobre anciano terminó quemado entre las brasas de la fogata comunal cuando se mareó por la bebida y los bailes. Otros, muy pronto se volvieron adictos y con la euforia metida en sus cabezas, fueron a sus chozas y allí golpearon a sus mujeres y a sus hijos. Entonces me di cuenta, que los excesos no eran buenos. Me reuní con los ancianos y determinamos establecer solamente los días de luna llena para dedicarlos a la celebración. Esa costumbre se arraigó como un rito sagrado consuetudinario. Desde ese día, todas las noches de luna llena bailábamos y bebíamos del elíxir consagrado hasta caer rendidos por el cansancio o internarnos en la lujuria del rito para la procreación.

Pero también, la tradición de beber el elixir espirituoso de los tres días nos trajo muchos dolores de cabeza a quienes, por aclamación, terminamos convirtiéndonos en los líderes más respetados y fuimos llamados Los Principales. Una suerte de cofradía que se encargaba de la ley y el orden, que se ejercía por medio de un tribunal de ancianos y sabios. Es decir, teníamos la potestad de juzgar y ajusticiar, al instante, cualquier falta de nuestros congéneres. El ejercicio del poder sobre nuestros semejantes, les creó sentimientos de respeto y de sumisión hasta entonces desconocidos. Los Principales tuvimos que enseñarles a obedecer los preceptos y así comprendimos que, el poder coercitivo del miedo es más efectivo para mantener a raya a la población. —Entonces Camé sonrió al recordar una anécdota.

—Uno de los casos que recuerdo es el del Mono Culán, así le decían, por su modo de andar y los grandes ojos que, según las malas lenguas, se le enrojecían y desorbitaban cuando practicaba la zoofilia con las gallinas.

—Dejá de estar molestando a las gallinas, Culán desgraciado, —le gritó su mujer un día que lo encontró en pleno acto lascivo cuando se acercó al gallinero para recoger los huevos. —Por tu culpa La Pishtona se tapó y ya no quiere poner, —lo sermoneó.

—Ésa no pone huevos porque es muy vieja, además, la culpa es tuya porque desde hace un tiempo solo pretextos sos.

—¡Chish! Sí pues, qué ganas me van a dar de meterme con vos, mirá la cara que tenés. Además, vos hasta con los animales salvajes te metes, sos igual que ellos.

—Vos lo que te merecés es una buena chicoteada. Yo te voy a enseñar a obedecer. Aquí el que manda soy yo y vos te callás, —le gritó mientras su cara de mono enardecido se enrojecía de cólera.

La pelea siguió por buen rato. El Mono Culán, harto de los reclamos de su mujer y haciendo caso omiso de la prohibición de tomar alcohol en días normales, le exigió al encargado de las celebraciones, un tipo menudito al que le decían Bojol, que le adelantara un poco de su ración antes de la fiesta. El Mono Culán bebió durante todo un día y en la noche llegó a su casa exaltado. La mujer no tuvo tiempo de defenderse. Al primer leñazo cayó en el suelo con el cráneo destrozado. Su cuerpo convulsionó unos instantes y se quedó inmóvil. Pero aún sabiendo que estaba muerta, el hombre la agarró a patadas como si quisiera desgranar un saco con mazorcas de maíz.

Nos avisaron a la media noche y tuvimos que reunir a todos Los Principales para realizar un juicio sumario. El Mono Culán fue azotado cien veces con su mismo chicote de tripa de cochemonte. Uno por uno, Los Principales, nos turnamos para vapulearlo. Quedó todo impregnado con la sangre que brotaba de las heridas y del pellejo descarnado. A los pocos días, cuando pudo caminar, fue desterrado del clan y condenado a vagar entre la selva por el resto de sus días, que no debían ser muchos porque la jungla era inclemente con los hombres solos.

Los días continuaron con normalidad después de aquel acontecimiento. Las semillas del maíz se multiplicaban por todas partes. Vimos que la tierra de aquella comarca era buena. Así pasaron varias lunas hasta que Patán, mi padre, llegó a contarnos muy entusiasmado que, en sus sueños, los dioses le habían ordenado hacer grandes plantaciones de granos sagrados para obtener mejores cosechas y así alimentar a nuestro pueblo durante los meses secos de verano. También le dijeron que debíamos hacer un altar en el cerro más alto para adorar a los dioses que nos habían indicado el camino de la subsistencia. Pero en aquellos parajes, los cerros no eran tan altos, así que los hombres trajeron piedras muy grandes y las juntaron en una pila, pero las piedras rodaron matando a varios muchachos que ayudaban con el acarreo.

En ésas estábamos, enterrando a los muertos, cuando apareció el Mono Culán en busca de su venganza. Un clan de nómadas lo encontró medio muerto en la selva, a punto de ser devorado por los jaguares. Eran de una tribu errante que se dedicaba a cazar animales y el hambre los empujó hasta nuestro asentamiento. Así fue que nos enteramos que no estábamos solos en ese territorio. Supimos que compartíamos con otras poblaciones los mismos ancestros e incluso las mismas costumbres, pero estos nómadas ahora venían a conquistarnos. Por suerte, habíamos transportado muchas piedras para la construcción del templo. Para defendernos, tomamos las piedras y unas cuerdas hechas con hule del árbol sagrado y las usamos como hondas. El Mono fue el primero en caer muerto de una pedrada entre ceja y ceja. Otros quedaron mal heridos y los apresamos para convertirlos en nuestros esclavos.

Los ancianos, decididos a cumplir con la petición que los dioses hicieran a Patán y temerosos de su castigo, enviaron a los hombres más fuertes, quienes marcharon armados con lanzas y unos cuchillos hechos de piedra afilada para que aprehendieran gente en otros asentamientos humanos y los trajeran con ellos, para obligarlos a trabajar en la construcción del templo. Supimos de un grupo grande que acampaba cerca de donde se oculta el sol. Yo marché con ellos. Mi madre tejió para mí una capa de tela gruesa y un escudo de piel. Bien armados y protegidos, nos internamos en la selva por los caminos de la danta hasta llegar al primer grupo de tiendas dispersas.

Sin pensarlo dos veces, grité la orden para atacar. No tuvieron tiempo de defenderse ante el inusitado asalto. Todos los hombres fueron apresados. Los ancianos perecieron bajo el yugo de nuestras lanzas y a las chozas les prendimos fuego. Las mujeres y los niños corrían por todos lados tratando de ocultarse de nuestra vista. Casi todos fueron pasados por las armas pero nos llevamos algunas mujeres para darlas como regalo a nuestras esposas. Al llegar a la aldea nos recibieron como héroes. La conquista de otros territorios y el saqueo de los pueblos vecinos se quedaron en nuestra sangre. Aprendimos a robar sus pieles, violar a sus mujeres y matar a sus hijos antes de esclavizar a los hombres para traerlos a nuestra aldea. Así construimos, no uno, sino dos hermosos templos gemelos con grandes escalinatas y mascarones tallados en ambos lados. Esto lo hicimos para cumplir el mandato de los dioses según el sueño de Patán de dedicar un Templo a la Luna y otro al Sol como recompensa por las buenas cosechas de los extensos maizales.

Inauguramos los templos en el inicio de ese ciclo y ofrecimos en sacrificio a una esclava de largos cabellos y ojos de avellana.

La piedra de los sacrificios era redonda y fue instalada frente al Templo del Sol. De cara al altar colocaron una piedra monolítica de casi dos metros que conmemoraba el evento. La idea le surgió a un muchacho de temperamento taciturno y de maneras muy finas, casi femeninas, que durante días había estado tallando una roca en una ladera. En ella dibujó unas formas extrañas que dijo, se trataban de la representación terrenal de los dioses. Eran imágenes de hombres y mujeres como nosotros, pero con caras zoomorfas de águilas, serpientes y jaguares exquisitamente rematadas con tocados de plumas de pájaros y otros objetos que muy pocos podían descifrar sin las explicaciones proporcionadas por el artista. Leva, mi madre, una señora muy guapa y con aires de nobleza, le pidió a Patán que cargaran la estela tallada y la colocaran frente a la piedra de los sacrificios como ornamento. Con lianas y troncos hicieron rodar la enorme roca que fue la primera de muchas otras que el endeble joven talló con la ayuda de otros jovenzuelos, quienes después formaron un grupo muy unido, una especie de clan al que llamábamos el "club de los solteros felices". Desde entonces se arraigó la costumbre de tallar en piedra los grandes acontecimientos de la ciudad, las conquistas y los eventos catastróficos.

La construcción de templos, los sacrificios previos a la cosecha del maíz, las esculturas de piedra y las danzas sagradas alentadas por las bebidas embriagantes, regalo de los dioses, parecían tener un efecto benéfico sobre nuestro pueblo. Nos asentamos en vastas tierras en donde había abundante agua que luego desviamos hasta el centro de la ciudad, la cual se fue extendiendo alrededor de los templos. —Estas fueron las anécdotas que alcanzó a contar Camé ese día y luego se durmió.

Capítulo V

Chamuc, el brujo del humo, con su nariz de pitaya madura y sus ojos de mazacuata ahorcada, vierte en una vasija unas gotas de aceite de animal que revuelve con polvo de chichicaste y raíces de calaguala dulce, las mueve a ritmo de mambo, con meneíto de muñeca y acerca la pócima a la boca de Camé, para hacérselas beber sorbo a sorbo. El rey hace una cara de asco y vuelve a caer sobre el petate, vencido por el cansancio de las lunas vividas que lleva a cuestas.

Un cojín más suave hecho con hilos de barbaeviejo es colocado bajo su cabeza, para ayudarle a soportar los dolores de su ancianidad. Un ataque de tos persistente no lo deja beber y termina regando el líquido sobre su pecho. Un moco verdoso es expulsado por sus pulmones congestionados, arqueándose para vomitar con comodidad y menos vergüenza.

—Más tarde, cuando esta tos se calme, tráeme de nuevo la pócima para el dolor, —le dice a Chamuc con voz lenta y cavernosa.

—Gran jefe Camé, tal vez sería mejor que tomara una pócima para el sueño, tengo unas hojas mágicas que ayudan a mitigar el dolor y calmar el ansia. Ya tenemos muy poca existencia, pero mandé traer otro cargamento que estará por arribar en breve. —adelantó Chamuc mientras le acercaba el pocillo para que bebiera.

—Me parece, —alcanzó a decir y casi de inmediato, volvió a caer en un sueño profundo que, por ratos, le provocaba estertores que hacían temblar su cuerpo, como gelatina de caldo de cerdo, ése que le preparaba su bella Xarín para las ceremonias de luna llena.

Chamuc se alejó con la medicina en su mano y una pipa con harto de hierba humeante en la otra. Fumó una bocanada y pensó que al rey le quedaba poco tiempo. Se dijo que tenía que arrear a los constructores para terminar la escalinata de piedra. Se dirigió al campo de pelota, donde se sentó en una grada y, a golpe de pipa, meditó sobre el sol de otoño. Pensó que Oxib no estaba preparado para gobernar y -como si un dios se lo revelara- vio cómo el Pueblo Itzán desaparecía sin dejar rastro sobre la faz de la Tierra. Por eso ordenó con furia que los artesanos y sobre todo el Maestro Tulám se apresuraran con la construcción.

Esa misma noche, el rey se despertó exaltado por una pesadilla. Chamuc, quien velaba su sueño, pegó un brinco y se levantó de sopetón, al tiempo que Camé le indicaba que se acercara.

—Trae un lienzo y unos pinceles de cola de pajuil salvaje, le indicó imperioso. —Debes escribir sobre unas visiones que me atormentan. Los dioses me ordenan que cuente lo que está por suceder en los ciclos que faltan hasta el final de esta Era.

—Gran jefe Camé, mejor duérmase, le dijo Chamuc con genuina preocupación. —Debe descansar para seguir con su relato mañana. He convocado a varios pintores de Lacantún, para que aceleren la elaboración de los cuadros y así comenzar a esculpir en la piedra todo lo que usted nos dicte, —le dijo, a manera de calmarle las ansias.

—No puedo esperar a mañana Chamuc. Es urgente que escribas sobre los tiempos finales.

Mañana el viento no soplará como ahora en este reino.

—Le prepararé un brebaje con hojas putumayas para que pueda aguantar el esfuerzo, —le dijo el brujo con tono de preocupación. De pronto, recordó la premonición sobre el destino de los itzanes que él mismo había tenido esa tarde en el campo de pelota.

El chamán se dirigió a una mesa que contenía toda clase de recipientes con hierbas variadas. Vertió agua caliente sobre un vaso de barro adornado con figuras negras de los dioses del averno, luego tomó las hojas secas, parecidas al laurel, y las colocó en el agua; un poco de miel de panal virgen completó la pócima, destinada a pasar por el güegüecho real. Agarró un ramillete de otras hierbas conocidas como xilca y las azotó sobre el vaso para purificar su contenido. El rey hizo el intento de erguirse y bajar sus canillas para incorporarse del lecho. El chamán le acercó el vaso a los labios dándole a beber un poco de su pócima milagrosa. Esperaba que Camé se sintiera vitalizado. Luego pensó que, si tenía que estar despierto para tomar nota de sus relatos, debía beber un poco también para no quedarse dormido. Luego, alistó unos pinceles y un largo lienzo en donde escribió garabatos que solo él comprendía, en un esfuerzo por complacer a su jefe. Ya les explicaría a los jóvenes alegres su contenido para que lo tallaran en piedra.

—Un extraño ser del universo se apareció en mis sueños. Traía un sol sobre la cabeza y una luna en su mano derecha. Vino a revelarme lo que está por acontecer en la tierra a todos los hombres que no creen, porque la humanidad no ha sabido agradar a los dioses y en su inmensa arrogancia tomó la selva y la quemó. Cazó a los animales del bosque hasta acabar con los tapires, los pajuiles y los venados; comió de todos los seres del paraíso y bebió el agua de los estanques; cultivó la tierra y la regó desviando ríos y lagos hasta que estos se secaron. Los dioses amaron a los hombres y a las mujeres por muchos siglos, los cuidaron y protegieron, pero los seres sobre la tierra se sublevaron a los designios de los dioses. Los ignoraron para adorar las formas humanas, el placer y la riqueza. Derramaron la sangre de sus semejantes sobre las piedras haciendo sacrificios inútiles y perdieron la ruta por no saber distinguir entre el bien y el mal. Los seres terrestres cavaron sus tumbas con el asesinato de la Diosa Principal,

La Madre Tierra, su dadora de vida. Ése fue el inicio del relato que contó el Rey Camé -en estado de trance- a Chamuc, para que todos supieran que los itzanes eran un pueblo de casta noble.

El té de hojas putumayas estaba haciendo su efecto, porque Camé continuó con una euforia pocas veces vista por Chamuc.

—Viejo amigo, brujo del humo, te digo que he visto a un hombre con alas que dijo ser un portavoz de los dioses. Lo vi bajar del cielo, venía montado en un animal azafranado de patas blancas, bordeó el crepúsculo y se abalanzó, rodeado de estrellas color de iguana asoleada. Mandó a dormir a todos los seres para que no escucharan cuando la verdad fuera revelada, para decirme que solo mi pueblo será salvo hasta el final de los tiempos.

"Tú eres el mensajero", le dijo el ángel al Rey Camé con voz de ultratumba, como si se hallara en las cuevas de Xibalbá. *"Eres el elegido para llevar las buenas nuevas a tu pueblo. Diles que dejen de lado la arrogancia y que se aparten de los vicios antes que los dioses se ensañen en contra de tus ciudades y todos los que viven del pecado sean arrasados por el vendaval y las aguas tumultuosas de los océanos. Beban del elíxir de los tres días con moderación, respeten a sus mujeres y*

agradezcan al poderoso por los dones de la tierra, porque si no lo hacen, de sus entrañas saldrá la destrucción que acabará con los hijos de Luzbel."

—Estas fueron algunas de las cosas que me dijo ese hombre con alas antes de partir en su alazán de fuego.

*****

Camé, hombre añoso y duro como palo de chichipate, con sus ojos de siemprevivas chocolatosas y orejas de cotuza peñasquera, nació por los días en que la estrella del alba, la nixtamalera, se asoma con más brillo y los atardeceres se tiñen de mariposa púrpura. Todos decían que desde el vientre materno fue designado para ser el mensajero de lo que está por acontecer. Los dioses, por justo, lo libraron de los lodazales que bajaron de los montes, en los días primeros del diluvio.

—Después de varios ciclos de andar con la sed a cuestas, yo, Camé, máximo Rey de los itzanes, en sueños y orientado por los dioses, vi que cayó un aguacero implacable, como si fuera a partirse el cielo sobre la tierra prieta surcada de peñas color de alabastro; los barrancos se cubrieron de lagos y el agua se mezcló en una masa fétida de cachivaches desparramados por todas partes. Los escombros y los cadáveres hinchados, que flotaban entre los palos desprendidos de las techumbres, eran como islotes nauseabundos que correteaban topándose unos con otros, codeándose, estorbándose, sacándose los ojos entre ellos, desgarrándose y quedándose prendidos en las horquetas de las casas o colgados en las espinas de los cercos. Arriba, una bóveda obscura se iluminaba con los chayes que relampagueaban aguijoneando el horizonte, anunciando una tormenta con retumbo de viento norteño. Teníamos miedo de las bestias hambrientas, los jaguares, los cocodrilos y los cochemontes dispuestos a devorar nuestros pellejos sangrantes. Teníamos los párpados pupusos por las veladas para cuidarnos de las picadas de las culebras venenosas. Sentíamos los huesos dolidos por la humedad que se nos colaba por los pies descalzos. Dolor a reuma, de días y noches encaramados en los árboles, llevando agua del cántaro celeste.

Así fue como todo acabó y comenzó de nuevo. Se cubrió la faz de la Tierra con nubes que parecían teñidas de plomo negro pulverizado. Entonces, por un tiempo, como si se la hubiera tragado el infinito, desapareció la luna. Las enormes olas como piedras gigantes de bóveda clásica engulleron las plantas de los campos, los plantillos de maíz seco y los caseríos se perdieron en las quebradas de abismos profundos. Sentimos espanto al ver las bocanadas de agua beberse las playas. Alucinamos al ver los patios de girasoles y los bodegones colgados de las paredes que los grandes maestros dejaron, para que se alegraran nuestras almas en el despertar de las Eras.

No había llovido en años cuando las gotas sorprendieron la pulcritud de las cabezas de los habitantes. Antes la tierra estaba seca, los pastos, las cosechas, los árboles habían sucumbido al calor abrumador que el sol esparcía -sin piedad- sobre cada milímetro de la pétrea superficie terrestre. Los lamparones del cielo del Dios Kukulcán latiguearon la bóveda del infinito sobre el cenit de las noches áridas que anunciaban un verano eterno y que cambiaron la dirección de las mareas, arrancando de tajo los bloques de agua congelada de las tierras al final del mundo. El agua fría del Norte apareció en el Sur y los tornados se formaron en muchas ciudades que nunca antes habían recibido la visita inesperada de los ventarrones.

El astro del fuego se vio de pronto manchado como si fuera un plátano maduro a punto de pudrición. Se trastornó toda nuestra cotidianidad que se resumía en comer, dormir y trabajar. Todos inmersos en nuestras cosas, irritados por los contratiempos de las comunicaciones que interrumpían los planes de seguir siempre en la misma rutina de comer, dormir y trabajar para otros, que siempre eran los mismos; esos planes de vida aparentemente sencillos que nos pedían de todo y a cambio, nos daban la nada. Así nos hallábamos, desprevenidos por estar clavados con el ir y venir de los días, los meses, los años y siglos de hacer siempre lo mismo, de pensar lo mismo, de desear lo mismo y de creer en lo mismo. Luego, como castigo a la desidia, fuimos tragados por un piélago derrapado que cayó sobre nosotros, los herejes de la creación.

La tierra, misteriosamente, se rajó de tajo, abriendo sus heridas en una danza de chimeneas humeantes que lanzaban borbollones de líquido sulfuroso como manado por un demonio. Con una propensión quística, los cerros crecieron sobre las aguas marinas y lanzaron sus piedras candentes imitando a los fuegos artificiales de diciembre. De pronto no sabíamos si arriba era abajo, si abajo era arriba, si eran vientos o temblores, si las aguas nos mojaban o quemaban con la brasa de mortales ultratumbas. Música de mil tunes anunciaban el final de los tiempos y señales de humo supurante de covachas predecían lo que llamaron Armagedón histórico. Las aguas de todos los mares penetraron tierra adentro quedando al descubierto las cumbres como puntas de hielo, que sobrepasaban apenas el límite de la tempestad. En un instante eterno del tiempo, se apagaron los volcanes como fuego mojado por la lluvia. El mismo soplo que tapó la luna, hizo girar la dirección cambiando las mareas en sentido contrario al rumbo de los vientos. Como globo de fuego remontado a la deriva, se retorció en angustia la masa planetaria para acarrearnos al desconcierto.

Chorreaban las nubes que no paraban de mojar los delantales de los montes hasta que los kines pasaron y se hizo el sosiego. No se pudieron contar las lunas que duró la tempestad; ella no se asomó ni cuando el cielo quedó despejado. Cuando los mares se cansaron de agitarse, solo atendió el silencio. Atisbaron los hombres y las mujeres, los niños y los perros que lograron ser salvos, aún con las heridas y las abrasiones, llenos de pústulas sanguinolentas, de llagas virulentas brotadas en las cuevas húmedas por los tiempos de encierro y mal comer. Salieron de los confines de las altas montañas perpetuas, luego de la obscuridad de los siglos. Entonces, los entes del firmamento aparecieron, en cambio la luna se quedó varada del lado obscuro frente a la Tierra. Ni las estrellas serían vistas de nuevo como si se las hubiera tragado un brujo de la magia negra.

Éstas fueron las extrañas cosas que pasaron en el fin de la Era, tiempo en que el universo cambió de sitio y el sol, por intervalo inconsciente, sufrió de arritmia naciendo por el Sureste y poniéndose en el Noroeste. Los hombres y las mujeres permanecieron pasmados y silenciosos. No comprendieron el milagro de saberse salvos. Algunos ni siquiera habían escuchado las alarmas. Hacía tiempo que nadie les hacía caso porque siempre resultaban falsas y se reían al saber que mentían. Por eso, la muchedumbre con el paso del tiempo dejó de creer en los hombres con alas, esos que también anunciaban con sus flautas alargadas y trompetas de oro, la buena nueva. Ellos también mentían, se dijeron y no volvieron a tener miedo ni se prepararon para el diluvio.

Pero los males nunca llegan solos ni duran una eternidad, así que llegó el tiempo en que los cielos se abrieron. Las pirámides de luz cayeron del firmamento colándose por un claro entre nubes. Unos creyeron que seres de otros mundos venían a llevarles en sus carros de fuego. Otros pensaban que solo querían abducirlos y extraerles los órganos sexuales para reproducirlos en masa. Pero solo se trataba del sol que emergía de nuevo, con destellos intensos, que parecían rayos rojos absorbiendo los mares para secar los continentes y empezar una nueva cuenta calendárica.

En este momento, el brujo del humo, Chamuc, no encontraba signos en su memoria para trazar las palabras que, al viento, dejaba caer el Rey Camé. No comprendía nada ni sabía cómo dibujar las imágenes que el rey le relataba. Tuvo que empezar a improvisar nuevas formas en el lienzo. Incluso, el rey, por su estado de trance no se percataba de lo que narraba, solo seguía hablando como llevado por un *delirium tremens*.

—La especie humana, fiel brujo, —le dijo a Chamuc, por lo que el brujo comprendió que su jefe estaba lúcido, —habría quemado incienso si éste no se hubiese empapado por la borrasca. Pero vitorearon el cambio de estación que nunca existió, porque quedó suspendido en un espacio irreal del universo. Así nació el Año Cero, el tiempo que nunca fue porque no hubo principio ni fin.

Rey y brujo siguieron hasta el amanecer, cuando los ojos de flor de muerto del Chamuc se fueron cerrando, pero un ronquido de ultratumba lo despertó espantado. Camé se incorporó en el lecho y pidió un poco de agua. Luego, dijo, —debo continuar. Al principio el viejo brujo dudó porque el rey todavía lucía débil y cansado. Pero él insistió y mandó traer de nuevo a los escribas que se sentaron en los rincones de la recámara palaciega para continuar anotando. Pero esta vez, la historia giró en torno a los orígenes y fundación de la primera ciudad de los itzanes.

—La prosperidad se instaló en el asentamiento de mis padres. La jungla cedió ante el azote de las hachas de pedernal que cortaban -golpe a golpe- los troncos de árboles milenarios. Convertimos la selva en campos para el cultivo del maíz, unas vainas de granos negros y diversidad de calabazas. La leña sirvió como fogata de grandes hornos que utilizamos para pulverizar las piedras de los riscos, con los que fabricábamos argamasa de cal.

Inventamos un sistema de construcción nuevo que sirvió para edificar templos más grandes que fueran del agrado de los dioses. Hicimos unos palacios para las familias de Los Principales y, por último, construimos unos campos para el juego de pelota que inventamos para distraernos en nuestros ratos de ocio. Los campos para el juego, se componían de muros trapezoidales circunscritos en un rectángulo y rematados con escalinatas para que las familias se acomodaran y pudieran ver la destreza de nuestros guerreros. Incluso, en días rituales, dos equipos de cuatro hombres participaban en el ejercicio y los perdedores eran sacrificados como ofrenda a los dioses.

Vivíamos con comodidad. Además del maíz y las semillas de vainas, cultivábamos algunas hierbas, tubérculos y variedad de enredaderas que nos proporcionaban diferentes especies de calabazas y frutos. Aprendimos a dominar la agricultura y a conocer los cambios de las estaciones para que se cumpliera el designio de los dioses y que nuestro pueblo no volviera a tener hambre. Los vecinos nos envidiaban y siguieron nuestros pasos pero nuestra estirpe siempre fue más fuerte. Cuando necesitábamos edificar templos más grandes, los obligábamos a unirse con nosotros para cortar los árboles, rajar leña, preparar el estuco y acarrear las piedras. También nos ayudaban a cargar los frutos de la cosecha y a preparar para nosotros el alimento diario. Solo así tuvimos tiempo libre para esculpir en las rocas y pintar en las paredes la historia de nuestro pasado.

Años más tarde, los jóvenes alegres –siempre tan creativos- formaron talleres de artesanos que enseñaban la construcción de los tempos, palacios y casas para los señores principales. Algunos aprendieron el arte de la pintura sobre grandes muros interiores. Usaban colores vivos extraídos de la tierra, los árboles y unos gusanillos que nos sirvieron para embellecer las mustias paredes de piedra calcárea de los palacios. Los talladores de piedra adornaron los templos con máscaras que representaban a los dioses y a los héroes de la guerra. Todo un movimiento artístico se formó por el tiempo libre que nos dejaba la organización del gobierno, el cultivo del maíz y la ventaja de tener a nuestros esclavos.

La ciudad creció tanto que muchos habitantes vinieron a instalarse en ella por las comodidades que ofrecía. También porque se extendieron las familias de los prisioneros llamados macehuales, quienes cargaban las piedras para las construcciones y servían en la cosecha de granos.

El comercio se amplió entre las ciudades vecinas que siguieron nuestro ejemplo. Pronto otros señoríos surgieron dentro del vasto territorio selvático que rodeaba los campos de siembra. Abrimos brechas para comerciar con ellos, pues en las tierras altas se cultivaban frutos de especies distintas a las nuestras que eran consumidas por la nobleza como manjares muy apetecidos.

Unas semillas grandes de color marrón eran las más apreciadas. Las traían los comerciantes de la región de Chokolá y eran usadas para preparar una bebida excitante de color obscuro o para intercambiar otras mercancías tales como las piedras de jade. El jade era una piedra dura que se conseguía en color verde azulado y era muy apreciada. Nuestros chamanes hacían pequeñas cuentas con agujeros que eran usadas por los sacerdotes en las ceremonias. Pero tuvieron otros usos menos divinos cuando sirvieron para reemplazar algunas piezas dentales que se nos caían al llegar a la edad adulta. Mi mujer y yo nos hicimos implantar varias de estas hermosas piezas verdes para poder comer los granos de maíz asado directamente de la mazorca. También me hice fabricar una máscara mortuoria para ser enterrado con ella en señal de mi origen noble.

*****

—A pesar de mi juventud, mi liderazgo nunca fue discutido. Sin embargo, había aprendido que el poder se ejerce mejor desde abajo. Decidimos que era hora de elegir a un gobernante, pues la ciudad y los dominios de nuestro pueblo se estaban volviendo muy complejos. Además de los templos y los palacios, debíamos construir caminos, presas y acueductos. Por aparte, los desechos humanos amenazaban con contaminar las aguadas cuando la lluvia formaba correntadas entre los matorrales. Se hizo urgente que alguien de confianza quedara al mando, mientras Los Principales ejercíamos el poder represivo en contra de los enemigos del gobierno que empezaban a soliviantarse en medio del caos.

Patán, mi padre, fue elegido como el primer gobernante formal del clan. Para honrar a los dioses, en agradecimiento por el bienestar de nuestro pueblo, mandó a construir otro templo, justo encima del primero. Llamó a todos los escultores, los arquitectos y los estudiosos de las ciencias para que el nuevo templo tuviera las proporciones exactas, la orientación de acuerdo a los puntos cardinales de las sombras que se formaban por el trayecto solar y las formas estelares que veíamos en el cielo durante las noches sin bruma. Leva, mi madre, también puso manos a la obra. Pidió a Patán que le hiciera un calendario para poder llevar la cuenta de los días, desde la siembra hasta la cosecha. Se formó un cónclave nocturno para analizar el movimiento de las estrellas y determinar con exactitud los ciclos del cielo.

Yo mismo participé algunas veces de las observaciones astrológicas. Los muchachos recolectaban unos hongos que les producían alucinaciones extrañas. Sus cuerpos se retorcían contoneándose voluptuosamente sobre las piedras esculpidas. Los vi en medio de sus trances tener relaciones sexuales entre los de su mismo sexo e incluso con sus mascotas. Estos jóvenes varones tenían costumbres muy extrañas, como pintar su rostro como hacían con las máscaras de los templos y decorar sus genitales con formas de animales rastreros.

Yo no participaba de estas prácticas porque pertenecía a una casta superior, además, mi esposa

Misha tenía un carácter duro. Recuerdo que un día, le volteó la mesa completa a la joven que vendía cacao en el mercado, solo porque intuyó que me estaba viendo de forma provocativa. Mi mujer era de una personalidad inquisitiva. Un día no se contuvo y me dejó ir la sentencia.

—Hombre, te exijo que dejés de juntarte con esos cabezas huecas porque te van a pegar las mañas. Andan diciendo en el pueblo que te mantenés bebiendo con ellos y que se la pasan haciendo locuras hasta el amanecer.

—No mujer, no es para tanto. Solo voy porque me gusta ver las estrellas cuando cambian de lugar en el firmamento.

—Para mí que debés tener cuidado porque dicen que, el que entre la miel anda, algo se le pega. Según la vecina, a esos muchachos no les gustan las mujeres. Y vos hace tiempo que ni me tocás. No sea que se te esté pegando ese mal.

—Hay mujer, no seas exagerada, si no te toco es porque solo brava vivís. Pero te consta que siempre he sido bien macho. Venite a la hamaca y te lo demuestro.

—¡Ja! Me consta pues, si ya me contaron las averías que hacías cuando te ibas a la guerra. ¿O qué crees que no oí las historias que contaron los soldados cuando regresaron? Dicen que entre varios desvirgaban a las patojas impúberes y después las tiraban sin miramientos a la fosa común. Ustedes sí que se portaban como perfectos salvajes.

—La guerra es la guerra mujer. Yo qué podía decirles a los muchachos después de tantos días de andar en la selva sin mujer, casi sin comida y con las frustraciones a cuestas. Era una forma de sentirse vencedores. Humillar al enemigo para doblegarlo. Pero yo te juro, dijo, haciendo un ademán con los dedos pegados a la boca, que nunca me involucré en esas cosas.

—Dejá de estar hablando mentiras y jurando en vano, mejor cumplí conmigo y no te estés yendo a meter con esos lunáticos porque las malas lenguas andan sueltas.

Después del reclamo de mi mujer, opté por dejar a los astrólogos hacer su trabajo y me dediqué a conocer los secretos de la guerra. Había demostrado mi valentía haciendo una primera incursión que culminó con la conquista de Nakbé, así que Patán me confió mi próxima misión. Era la de conquistar a nuestros vecinos del Norte, los totonacas. Unos indios aguerridos y sanguinarios que no aceptaban la superioridad intelectual de nuestro pueblo y amenazaban con invadirnos para demostrar su hegemonía bélica. Me armé de valor, escogí a los mejores hombres, pulimos nuestras armas, almacenamos los víveres que sobraron de la abundante cosecha del año y partimos hacia la victoria.

Regresamos del combate después de dos lunas y la victoria fue nuestra. De los enemigos trajimos sus armas, sus tocados de plumas tornasoladas y los ritos sanguinarios para adorar a los dioses de la guerra. Al volver, una mala noticia me esperaba.

Durante mi ausencia la Misha murió de parto, solo la niña sobrevivió. Motul mi primogénito, Huná el segundo y la niña a la que llamamos Betel quedaron al cuidado de Xarín, mi cuñada, quien amamantó a Betel como si fuera su propia hija. Xarín, la esposa de mi hermano Ajpú además de bella era dadivosa y buena. La Misha en cambio siempre fue de modales toscos. Creo que Motul heredó su carácter, porque el patojo resultó pendenciero. Había que apartarlo de las peleas que armaba a cada rato y curarle las heridas. Desde entonces, Xarín se hizo cargo porque yo, al volver, no supe qué hacer con mi vida, así que Patán me asignó otra misión para hacerme olvidar la tragedia. Debía viajar al Sur, conquistar los territorios tecolotanos y recolectar sus abundantes cosechas que estaban siendo ensiladas en prevención de las sequías. La campaña militar fue exitosa, pero de vuelta me seguía sintiendo solo.

Mi hermano Ajpú era un hombre rústico, de frente achatada y nariz de gavilán arcaico. Las pezuñas eran tan grandes que se le salían de los caites hechos de piel curtida y suela de palo de hule. Éramos diferentes y coincidíamos poco, desde que tomamos roles distintos dentro del grupo familiar. El se quedó cuidando las siembras mientras yo defendía la soberanía del pueblo. Al volver de la segunda jornada victoriosa, empecé a sentirme asqueado de ver tanto muerto, entonces, mi hijo mayor, Motul —apenas un adolescente-, tomó mi lugar al mando y me quedé al cuidado de los campos y las cosechas.

Habiéndome quedado por dos estaciones en la ciudad, pude advertir que el comportamiento de mi hermano era chocante con su familia. Xarín pasaba mucho tiempo sola en la tienda cuidando a los niños, hacía los oficios propios de las mujeres con una sonrisa en los labios y los cachetes se le ponían como manzanarosa cuando soplaba el fogón para cocinar la cena. Xarín tenía unos ojos avellanados de tono café claro, que hacían juego con su melena de rizos ensortijados como hebras de chilacayote. Pero Ajpú la hacía trabajar sin descanso para que no tuviera tiempo de pensar en traiciones, según le decía mientras la empujaba colérico contra los muros del palacio.

—¡Mujer, cuándo vas a terminar de servir la cena! Vengo sediento y tengo mucha hambre, —entró gritando un día, —eres una holgazana, siempre te retrasas. Le escuché decir y me molesté mucho, al grado de querer golpearlo.

Además, Ajpú era un tipo egoísta y socarrón. Noté que su manera de actuar con los chirices era tan violenta como con su mujer. A cada poco los azotaba con un chicote largo que cargaba siempre al cinto.

—¡Hacib! ¡Hacib! ¿Que haces allí sentado jugando a las chibolas? Si te vuelvo a encontrar vagabundeando te voy a dejar sin comer varios días, —le advirtió a su hijo, mientras lo tomaba de los lóbulos de las orejas y lo levantaba con todo su peso.

—¡No papaíto, no me pegués, por favor no lo hagás! Yo solo jugaba un poco con mis amigos pero toda la mañana estuve ayudando a mamá a recolectar la leña, —dijo el pobre niño con lágrimas en los ojos y una señal de terror en la mirada.

Un día, Ajpú volvía de su último viaje a las montañas. Regresó antes de tiempo porque se avecinaba una gran tormenta, el cielo se había vuelto de un gris ceniciento, los perros y los pajuiles andaban nerviosos. Yo conversaba animadamente con Xarín junto al fogón. Se veía como una diosa. Su cabellera caía sobre sus hombros y los rizos se pegaban a su cintura en un vaivén que dibujaba el ritmo suave de sus caderas. Parecía una figura de piedra tallada por un artesano, un tanto abarrocado. Al ver a mi hermano parado en el umbral me paralicé.

—¡Hermano traidor! Ahora querés arrebatarme a mi esposa. ¿Qué clase de malparido sos?

—Mide tus palabras Ajpú, yo no soy hombre de pleitos, menos con alguien de la misma cepa.

—Acabo de ver cómo ustedes dos se entienden. No tratés de negarlo, esta perra te estaba coqueteando. ¡Yo los vi!

—Con tu mujer solo conversábamos, ella es una señora decente, mejor calmate o vas a provocar una desgracia.

—No tratés de engañarme, a la pobre Misha siempre le fuiste infiel. No creás que no sabemos que cuando te ibas a la guerra, te acostabas con cuanta mujer extranjera se te atravesaba en el camino. ¡Sos un desgraciado...! Y tu Xarín, ¡eres una gran ramera! Te voy a enseñar a obedecerme. Te quedarás encerrada en la casa y mandaré que te vigilen para que dejés de andar de birrionda con cuanto hombre se te cruza en el camino.

Ajpú se acercó amenazante y tomó a Xarín de los cabellos, sacó el cuchillo que llevaba siempre atado en la entrepierna y se lo mostró. Yo intervine para defender a Xarín. Ajpú se me abalanzó. Pero, aprovechando mi agilidad militar. lo evadí con una maniobra de derecha y lo tomé del brazo, aplicándole una llave. Apreté sus extremidades contra su espalda hasta que el dolor le hizo flaquear y debilitarse, luego aproveché para quitarle el cuchillo justo cuando Ajpú se volvió abalanzándose en mi contra. Un grito seco inundó mi universo y luego sentí el calor de la muerte correr por mi mano. Los ojos de Ajpú se posaron en los míos y se cerraron con un lánguido suspiro estentóreo.

—¡Ajpú, Ajpú, manito! lo siento, lo siento, perdóname. Xarín, te juro que yo no quería hacerle daño. ¿Y ahora, que será de nosotros?

—Lo mejor es que huyas, —me dijo, soltando en llanto. —Si los hombres de la tribu te encuentran, te van a matar, —sentenció Xarín.

—No me iré sin mis hijos y tú tampoco puedes quedarte. Ellos no van a entender y te harán daño.

—Tienes razón, pensarán que fue mi culpa. Me lincharán frente a mis hijos y se quedarán huérfanos y desprotegidos. Debemos huir juntos.

—Juntos hasta la muerte, te lo prometo, —le contesté con determinación de protegerla.

—Lloré la muerte de mi hermano en sangre durante muchas lunas. Pero, a pesar de la tristeza que me causó la pérdida, corté la cabeza de Ajpú como era la costumbre de los guerreros, en señal de victoria. Luego tomé a Xarín y a nuestros hijos, empacamos algunos matates con unos pocos objetos necesarios y nos internamos en la selva para salvarnos del castigo de la tribu. No volví a ver a mi padre Patán ni a mi madre Leva, pero los extrañé por el resto de mi existencia.

Entre las cuevas de roca caliza encontramos abrigo para los hijos de ambos y a Xarín tomé por esposa. Allí entre el bosque criamos a los hijos de Ajpú y los hijos de Misha y luego nacieron nuestros hijos pequeños. Nos refugiamos un tiempo y después bajamos al valle. Pero los hijos de Ajpú enfermaron y como no podían proseguir el camino, los dejamos con unos agricultores para que las mujeres de ese pueblo les amamantaran. La leche de hembra les ayudó a sanar sus vientres hinchados por el hambre y como agradecimiento se quedaron para cuidar de los ancianos.

Los hijos de Ajpú crecieron y se hicieron hombres. Con el tiempo fundaron el reino de los Avilix y su ciudad también creció en tiempos de la abundancia, cuando los ríos corrían presurosos por sus tierras y muchos venían de las ciudades vecinas para comerciar con los Avilix. Ellos fueron los señores de los campos más fértiles para la siembra del maíz. Las cosechas de granos eran muy apreciadas por su calidad y sabor, aunque sus templos no eran tan altos.

Yo Camé y Xarín mi esposa, junto con los hijos de ambos y los de Misha, emigramos al Norte siguiendo la ruta del río Pucté. Así llegamos a un lago enorme, posiblemente formado por una inundación. Escogí un valle fértil rodeado de selva virgen y allí fundamos el Reino Itzán, para que se cumpliera lo que los dioses me prometieron, hacer de mi reino el más grande y poderoso sobre la tierra y gobernar una ciudad esplendorosa que le diera lustre a mi estirpe. Entonces, fue cuando construimos una urbe hermosamente adornada, desde donde se contemplaba íntegra, la Diosa de la Madre Tierra, cerca de donde se hallaba un bosque de teca, por lo que la primera capital del reino de los itzanes fue llamada Tekali en donde yo Camé y Xarín, mi esposa, reinamos y nos amamos. —Camé recordó uno de los instantes más bellos que vivió una noche bajo un manto de estrellas fugaces.

—¿Me quieres? Pregunté un día mientras la miraba y me embelesaba con sus ojos de avellana seca.

—Sí, te quiero, —me contestó. Y después nos unimos en un abrazo, seguido de besos y caricias cada vez más atrevidas. Introduje mi mano entre sus piernas, ella se aferró a mí en un grito de placer.

Nos fundimos en uno solo, entre jadeos y las más bellas palabras de amor contamos nuestra historia en un verso.

—Yo te amo como nunca he amado a nadie, ni a Misha ni a ninguna otra mujer sobre la tierra. Te protegeré y estaré a tu lado hasta que muera.

En este momento, algunos escribas se sonrojaron, no podían creer que su rey máximo, fuese mortal y amara, para ellos era una especie de dios en la tierra. Incluso, con la cantidad de años que tenía, parecía inmortal. Pero el Rey Camé continuó con su relato sin pudor visible.

—Nunca nos separamos, ni cuando estábamos en la montaña huyendo por el temor a la justicia divina y a la ira de mis padres por la muerte de Ajpú. Nos instalamos en Tekali y, junto a los hijos de Misha y los hijos que engendramos con Xarín, construimos los templos más importantes de la región.

—Por dos generaciones, los descendientes de Camé, hijo de Patán y de Leva, el primer hombre y la primera mujer de la estirpe de los itzanes, se enseñorearon sobre las comarcas vecinas, emprendiendo ataques para apoderarse de sus ciudades, —narró, para concluir su relato de ese día.

Capítulo VI

LA MESA RECTANGULAR, AL FRENTE DEL SALÓN, lucía engalanada con un arreglo de flores tropicales con incrustaciones de frutas de todos colores, manzanas verdes y rojas, peras, maracuyás, fresas y mangostanes, apropiadamente colocado en el frente. Los asistentes, personajes importantes del mundo científico, poco a poco, hacían su ingreso por la puerta del fondo del salón, seguidos de altas y voluptuosas edecanes que les acompañaban hasta el lugar asignado a cada uno. El centro de convenciones, con un lleno completo, se ubicaba en el segundo nivel del Hotel Interamericano, el más exclusivo de la ciudad.

Una puerta lateral, se abrió y cinco personas ingresaron a la sala. Entre todos, destacaba la presencia de la única mujer del grupo, una joven de cuerpo esbelto y cabellera de rizos obscuros que caían ondulantes sobre la curvatura de su espalda. Ella se sentó al centro y, sin más preámbulos, tomó el micrófono procediendo a presentar a cada uno de sus acompañantes con un breve resumen de su hoja de vida. Al finalizar se presentó ella misma.

—Mi nombre es Xarín Deschamps, arqueóloga encargada de las excavaciones en el sitio de Quetzumal. Como todos saben, siguió diciendo con voz pausada pero firme. Mi padre, Alfred Deschamps, fue ultimado por supuestos saqueadores de objetos arqueológicos hace pocos días. Pero existen indicios que nos hacen suponer que los supuestos saqueadores eran, en realidad, miembros de una secta que se hace llamar "Los Guerreros del Fin del Mundo". Los seguidores de dicha agrupación, están convencidos que el fin del mundo se acerca y que los únicos escogidos para ser salvos son sus integrantes.

Xarín Deschamps acomodó hacia atrás sus cabellos mientras tomaba una bocanada de aire para poder continuar.

—Mi padre, como es del conocimiento de sus más allegados colaboradores, acababa de revelar una pequeña parte de las profecías ocultas decodificadas en la Escalinata de Caracol que fue encontrada en el sitio arqueológico de Quetzumal. Pero, al parecer, dichas profecías dejaban al descubierto el engaño de "Los Guerreros del Fin Del Mundo". Por tal motivo, decidieron acabar con la invaluable vida de un científico que entregó toda su carrera profesional al estudio de nuestros antepasados.

La concurrencia permaneció en silencio por unos instantes que parecieron perpetuos y luego un tenue murmullo recorrió la sala. Xarín bebió agua del vaso que tenía enfrente y continuó.

—Señores, la vida y obra de Alfred Deschamps no puede quedar en el olvido. Por tanto, le pido a la comunidad científica y a todos los que le apreciamos, que este horrendo crimen de lesa humanidad no quede impune, como tantos otros que los burócratas ineptos y perezosos terminan atribuyendo a la delincuencia común. Estoy convencida, como lo están quienes me apoyan, que el asesinato de mi padre no es obra de simples ladrones. Exigimos una investigación a fondo para deducir responsabilidad penal a los verdaderos culpables.

En ese instante, el murmullo de la sala se hizo más intenso. Algunos se paraban de sus asientos y vociferaban indignados exigiendo justicia.

*****

Leyla, la esposa de Alfred Deschamps, sentada en el sofá de su habitación, frente al ventanal que da hacia un jardín de rosas -típico de los suburbios-, recordaba con nostalgia cuando su pequeña Xarín le pedía, una y otra vez, que le contara el cuento de la princesa que llevaba su mismo nombre.

"La princesa Xarín vivió cien años. Se convirtió en esposa de Ajpú y luego de Camé, fue madre de los Avilix y Reyna Madre de los Itzanes. Al morir, fue elevada a la categoría de Diosa de la Estrella Brillante, después de haber sobrevivido a dos fines del mundo y haberse remontado, en un día de luna llena, a un lugar visible del firmamento. Xarín es la única estrella que brilla durante los solsticios y los equinoccios anunciando los cambios de las estaciones y los fines del universo."

También recordó que, en la víspera de aquel viaje a Quetzumal, cuando su hija estaba por cumplir doce años, se hablaba mucho del fin del mundo. El temor se basaba en el cambio de milenio, según la cuenta de la Era Cristiana. Es de suponer que, esperando sacar alguna ventaja económica con el caos, ciertas personas inventaron que las computadoras no estaban programadas con cuatro dígitos, que los sistemas informáticos enloquecerían dejando a la población sin electricidad y a miles de entidades gubernamentales y comercios sin poder operar. Esto podría ocasionar una paralización del transporte o provocar accidentes aéreos, entre otras falsedades que se difundieron. Sin embargo, terminó el Siglo XX a finales de 1999; empezó el Siglo XXI con la llegada del 2000, pero la vida continuó con normalidad.

Con ternura, Leyla rememoró la conversación con su hija, la noche previa al viaje que ambas hicieran al campamento base de los arqueólogos en Quetzumal para celebrar juntos el cumpleaños de Xarín; viaje que además les tenía otras sorpresas preparadas.

—Xarín, ven a dormir. Ya es hora de que vayas a la cama, —llamó la madre mientras doblaba un poco de ropa y la colocaba sobre la tabla del planchador.

—Voy mami, solo déjame ver un poco las noticias. Dicen que el mundo está por acabar.

—Hija, se hace tarde, si no te duermes, te levantarás cansada y no despertarás temprano. Recuerda que mañana iremos a visitar a tu padre.

—Bueno, me iré a dormir, pero en la televisión dicen que no habrá mañana. Además, todas mis amigas están aterrorizadas. Dicen que vamos a morir.

—No hija, no te preocupes. Con cada cambio de milenio sucede lo mismo. Hay que oír la opinión de los científicos y tu papi es uno de ellos. El nunca nos mentiría si supiera que existe una amenaza real. Parece que los rumores se basan en profecías y creencias de la gente de antes. Hace muchos siglos que la ciencia trata de prever el futuro pero, hasta ahora, nada indica que algo malo esté por ocurrir.

Esa noche la niña soñó con la leyenda, tantas veces contada por su madre y abonada por los descubrimientos arqueológicos de su padre, que daban cuenta de una princesa Avilix llamada Xarín, convertida en reina de los itzanes, fundadores de Tekali, la ciudad de las pirámides. Las investigaciones realizadas, indican que los itzanes sobrevivieron a dos cataclismos que casi terminaron con su pueblo. Xarín y su prole se refugiaron en Xibalbá, y, junto al Rey Camé, fundaron otro imperio que tuvo su centro en Quetzumal. Los dioses bendijeron a la Reina Xarín y a su descendencia, para que se cumpliera lo que estaba escrito, que una reina convertida en diosa sería la madre de una gran civilización. Xarín fue la única mujer de su época que llegó al trono y gobernó a su pueblo por doce años. Dicen que Xarín, al morir, subió al cielo y se convirtió en la estrella más brillante del firmamento. Desde allí anuncia los solsticios, guía a los navegantes e inspira cuentos para niños. Sus descendientes todavía veneran a la Diosa de la Estrella Brillante, organizando ceremonias rituales el 21 de diciembre de cada año. Algunas veces se le ve brillar al lado de la luna como si quisiera darle un poco de calor. Al menos eso afirman los creyentes.

******

Alfred Deschamps, Doctor en Arqueología Itzán, se encontraba en el sitio arqueológico de Quetzumal realizando excavaciones en una estructura nueva. Su hija Xarín, llamada así por haber nacido, precisamente el día 21 de diciembre, fecha en que se conmemora el ritual indígena en honor a la diosa del mismo nombre, cumpliría 12 años. Además, se acercaban las fiestas de fin de año y las celebraciones por el cambio de milenio, razón por la cual, pidió a su esposa que viajara con su hija para celebrarlo en familia. No era la primera vez que lo visitaban en el campamento base y se quedaban unos días gozando del aire puro de la selva tropical. Xarín, encontraba fascinante el mundo de la Arqueología. Al llegar se instalaron en la amplia cabaña hecha de troncos, en donde, el Doctor Deschamps, tenía su oficina de campaña y allí celebraron el cumpleaños de la inquieta Xarín.

Por esos días, una secta fundamentalista, liderada por un excéntrico millonario llamada "Los Guerreros del Fin del Mundo", había hecho su aparición aprovechando el fin del siglo para predicar su teoría cataclísmica. Muchos seguidores se preparaban para realizar el rito de la inmolación. Los seguidores de esta secta, creían que el mundo tenía sus días contados y esperaban el momento justo para no sufrir las consecuencias directas de la ira de Dios. Lograron reunir a una buena cantidad de seguidores en varias partes del mundo gracias al uso de las nuevas tecnologías de comunicación y, tal como lo habían planeado, muchas personas aparecieron envenenadas en lugares como Tokio, Nueva York y Venezuela.

Pero no todos acataron la orden de evacuación del planeta, incluso su mismo líder, el señor Voice, se inhibió en el último momento, cuando modificó su discurso, diciendo que el fin del mundo se había pospuesto y adoptó como ciertas las teorías de escritores como Benavides, autor de "Las profecías de la gran pirámide" que pronosticaba el fin del mundo en el 2012, y los estudios científicos sobre el Calendario Maya que fechaba el cambio de Era para el 21 de diciembre del mismo año.

Los servicios de inteligencia estadounidenses, interceptaron varias conversaciones entre miembros de la secta que dejaban en claro la alta peligrosidad de sus integrantes. Ya para finalizar el año 2000, tuvieron conocimiento de movimientos migratorios que denotaban su conexión con fundamentalistas islámicos quienes preparaban ataques terroristas en varios puntos del globo. Una de las comunicaciones entre el señor Voice y el hijo de un billonario Saudí, líder de los extremistas, identificado como Osama Bin Laden causó especial nerviosismo en la CIA. Al parecer, el señor Voice pretendía provocar el fin del planeta haciendo que las grandes potencias entraran en conflicto y se vieran en la necesidad de utilizar armas atómicas y químicas para destruirse y destruir a la humanidad.

Cuando la Secretaria de Estado, Condolezza Rice, le informó al Presidente, éste le restó importancia.

—Señor Presidente, los informes son contundentes. La secta de "Los Guerreros del Fin del Mundo" es de cuidado. Su intención es acabar con el planeta instigando a los Yihadistas para que realicen atentados en contra de nuestras ciudades.

—Mi estimada Condo, me parece un tanto exagerada la apreciación. Ese señor Voice es solo un loco predicador sin ningún fundamento. En este momento, la economía mundial goza de inmejorable salud, hemos logrado neutralizar a Saddam Hussein y los servicios secretos no han tenido sobresaltos de importancia desde que se desató la paranoia por el fin del milenio.

—Señor Presidente, no dudo de sus buenos augurios para la economía pero un solo atentado, en estos momentos, podría echar abajo todos los índices de crecimiento económico debilitando la confianza de los consumidores y provocando una crisis que podría tener alcances globales.

—De acuerdo, hablaré con el Secretario de la Defensa para que investigue a fondo al señor Voice y a sus seguidores más cercanos, pero le repito que la posibilidad de que algo ocurra es muy remota. Tenemos informes de los campos de entrenamiento de Al qaeda y su nivel bélico no les permite realizar ataques a gran escala.

—Gracias Señor Presidente, le agradezco que tome en consideración este informe. Buenas Tardes.

Meses después, el Presidente George W. Bush, habría de lamentar su falta de visión sobre las conexiones entre Bin Laden y el señor Voice. Los ataques a las Torres Gemelas de Nueva York el 11 de septiembre de 2001 y los posteriores atentados en España y Londres, le demostrarían hasta qué punto se había equivocado al menospreciar las advertencias de sus colaboradores más cercanos.

La economía mundial no volvería a ser la misma y las constantes crisis minarían la credibilidad en el sistema financiero y las instituciones insignia como el Fondo Monetario Internacional y el Banco Mundial provocaría quiebras, desahucios y una cadena de acontecimientos que podrían interpretarse como el fin del sistema de bienestar para las grandes mayorías. Parecía que "Los Guerreros del Fin del Mundo" estaban en el camino correcto para lograr su último objetivo.

Capítulo VII

Habían logrado convertirla en una urbe organizada, pero la desobediencia a los dioses y la soberbia, hizo que con el tiempo los desechos se acumularan, los tributos se hicieron una carga pesada y la población se soliviantó.

—Fue por culpa de la bebida, que el Pueblo Itzán se alzó en contra sus gobernantes, — dijo Camé. El boj y la cusha se fabricaban en casi todas las casas de la nobleza. Mis hijos descubrieron pronto las virtudes de las bebidas espirituosas. Incluso yo caí en la tentación y todos nos embrutecimos juntos, haciendo escándalos encaramados sobre las cresterías de los templos. Un día Oxib, el nieto mayor, estuvo a punto de caer por las escalinatas durante la celebración de la luna llena y entonces

Xarín temerosa de perder a su nieto favorito, decidió poner fin a los desenfrenos y me dijo:

—Camé, amado esposo. Tengo miedo de una rebelión. El pueblo tiene hambre y nosotros tenemos de sobra para vivir por el resto de nuestras vidas. Otros pueblos han caído por la arrogancia de los gobernantes. Me parece que debemos ser más precavidos. Hacer menos fiestas, tal vez, construir menos templos.

—Amada Xarín, tu sabes que respeto tus consejos, pero el pueblo necesita diversión. La bebida los relaja. Ya verás que luego de las fiestas del cambio de ciclo, todo volverá a la normalidad. Ahora no podemos parar, debemos terminar las estelas conmemorativas y realizar los sacrificios para obtener buenas cosechas.

—No sé, amado mío, pero últimamente he tenido muchas pesadillas. En mis sueños, la turba nos ataca y nos entierra vivos. Es una imagen recurrente que no se aparta de mí un solo instante. Llamaré a Chamuc para que interprete el significado de mis alucinaciones, —me dijo.

—Los ciclos se sucedieron con gran rapidez. Mis hijos con Misha, Motul y Huná, eran los más rebeldes. Siempre estaban peleándose entre sí. Como animales salvajes, discutían sin ponerse de acuerdo y pretendían, cada uno, heredar el trono. Junto a otros jóvenes de la nobleza, hijos de Los Principales, se embriagaban y luego terminaban pavoneándose por las avenidas o se encaramaban en las cresterías de los templos. Bebían, sin medida, los caldos de hongos, fumaban unas hierbas alucinógenas que provenían del bosque y se la pasaban en juerga sin prestar atención a las cosas del gobierno. Terminaban sus juegos con danzas provocativas en donde se contoneaban, sobándose unos contra otros.

Los ritos del sacrificio humano se habían convertido en la principal distracción de los nobles y comerciantes. Luego de estimular sus sentidos con setas y embriagarse con cusha se sumergían en un baño de sangre orgiástico que tenía como punto culminante el sacrifico de todo tipo de animales, cochemontes, pajuiles y hasta dantas; incluso un escuálido macehualito, que no se había prestado a los deseos carnales de los señoritos, fue sacrificado y sus vísceras repartidas para deleite de la turba depravada. Empecé a preocuparme cuando me avisaron que una joven, que era preparada para el sacrificio, fue ultrajada antes de la ceremonia. Los dioses podrían ver con desagrado una ofrenda mancillada. La joven fue devuelta y en su lugar se llevaron a la hermana menor para consumar el sacrificio.

—Yo tenía especial predilección por mi nieto Oxib, quien parecía tener una mejor idea de cómo gobernar con diplomacia. —dijo el rey como si quisiera cambiar de tema o bien porque, desde que envejeció, empezó a contar los hechos en forma desordenada, según le venían a la cabeza en oleadas del subconsciente.

—Las guerras han mermado nuestras provisiones, los vecinos nos roban las cosechas, el agua de los ríos apenas alcanza para regar los sembradillos de milpa, debemos hacer algo para guardar una parte de las cosechas, —me dijo Oxib una tarde, cuando caminábamos por el patio de pelota. —No podemos dejar que el pueblo se muera de hambre. Tendremos una guerra interna y nos sacarán los ojos, — comentó en tono de advertencia. Camé recordó las sabias palabras de Xarín y su semblante se ensombreció por un instante.

—No te preocupes, —me recalcó Oxib, —eso lo arreglamos con otra invasión. Los moyanos del norte se están sublevando, tienen una ciudad más antigua que Tekali. El gobernante es un hombre mayor y son un pueblo pacífico que vive del comercio, la agricultura y la explotación del caucho. Ni siquiera tienen ejército, será muy fácil someterlos para robar sus provisiones y traer un buen grupo de trabajo de regreso a casa. Ahora que se popularizaron los torneos de juegos de pelota, los árboles de caucho pueden ser de mucha utilidad, recuerda que tú me enseñaste que al pueblo hay que darle diversión y comida. Es lo único que no les puede faltar.

—¡Eso es muchacho! Me gusta que hayas aprendido de las reflexiones de este anciano, lo que necesitamos es un verdadero líder, creo que tú eres el indicado, a pesar de tu juventud. Me siento un abuelo orgulloso con un nieto tan inteligente —lo alenté de forma lisonjera para evitar que se exaltara, pero creo que Oxib, en el fondo, me veía como un pobre viejo decrépito que había sido, por alguna razón, muy exitoso en mi gestión como cacique y fundador de los itzanes. —Con sabiduría le advertí:

—He visto muchos imperios caer derrotados por el hambre. He visto otros devorados por la selva. He visto muchos pueblos sin guía y no creo que sea tiempo para la guerra, —sentencié.

—Abuelo, nuestro pueblo es muy grande y poderoso. Ha crecido mucho y se necesitan más alimentos para todos. Debemos invadir a los moyanos para agenciarnos de víveres.

—Es tiempo de tomar medidas para resistir la Era del Hambre. Todos vamos a perecer si no hacemos algo, —apunté un poco exaltado. —Pero involucrarnos en otra guerra no es la medida correcta. Otros pueblos también sufren como nosotros. No es justo robar lo que no nos pertenece, los dioses nos castigarán.

—Pero abuelo, nuestros dioses se han vuelto esquivos, ya no nos escuchan como antes. Por más sacrificios humanos que hemos realizado, no hemos tenido respuesta. Las nubes pasan de largo sin mojar nuestros campos mientras que los vecinos han tenido mejor suerte, —me replicó Oxib.

—Mejor tomemos otro tipo de acciones. Si somos vencidos tendremos que dejar estas tierras, nuestras casas y las pocas siembras que aún podemos rescatar. Todo se perderá, —pronostiqué como un visionario. —Sí los dioses se han vuelto en nuestra contra, lo mejor es dejar de construir templos más altos. ¿No ves que los bosques se están acabando y las aguadas se secan con más rapidez? —le dije como si mi mente se hubiera despejado dejando al descubierto cierta genialidad.

—Pero debemos solucionar el problema de abastecimiento hoy mismo. Tu propuesta es de largo plazo —me recalcó Oxib haciendo una mueca de fastidio. —Mejor hablo con mis primos para ver qué opinan, dijo molesto y de inmediato salió de la habitación. Supe después que corrió a convencer a sus primos de iniciar un ataque sorpresa en contra de los moyanos, asentados en la ciudad esplendorosa de Tapirí. En verdad teníamos pocas opciones ante la amenaza que representaba una sequía tan prolongada.

—Oxib, hijo de Motul, muerto en el campo de batalla, por ser hijo de mi primogénito, se consideraba el heredero natural del trono. Con su actitud beligerante y decidida se había ganado cierto respeto entre la familia, a pesar de su corta edad. Con esa actitud de quien sabe lo que hace, llegó al palacio de la plataforma Oriente y convenció a sus primos los "gemelos sagrados" de seguir su plan de invadir la ciudad de Tapirí, capital de los moyanos. El resultado a la larga, fue contraproducente. Esto les dijo para convencerlos de atacar Tapirí:

—Amados primos. Nos estamos quedando sin provisiones. Debemos abastecernos con víveres para sobrevivir la sequía. Hablé con el abuelo Camé, pero el viejo no comprende. Nuestras plantaciones están secas, las mazorcas no crecieron, todos los cultivos se mueren. No tenemos otra opción.

—Lo sabemos primo, pero la tropa está muy débil. —dijo el más alto de los gemelos, quien por ello también era llamado "príncipe de las tierras altas". —Los granos que guardábamos en las barracas, han sido devorados por las ratas. Arrasaron con todas las provisiones y lo que quedó está contaminado.

—Por lo mismo es preciso actuar con rapidez. Debemos efectuar un operativo relámpago, saquear Tapirí y acabar con todos los moyanos.

—Los moyanos han sido buenos vecinos, —dijo el "príncipe de las tierras bajas", el menor de los "gemelos sagrados". Dejemos vivir a sus hijos y a sus mujeres y llevémonos sus provisiones.

—Dejarlos vivos nos traerá malas consecuencias, los niños crecen y luego toman venganza, pero por ahora, eso no es importante. Organicemos a la tropa y marchemos cuanto antes al ataque. Nuestro pueblo muere de hambre y el tiempo apremia.

—Tienes razón Oxib, los dioses de los moyanos han estado de su lado. Sus plantaciones no han sufrido de sequía como las nuestras, tal vez se deba a la enorme pirámide de tres picos que construyó Moyab, el gobernante de las máscaras verdes. — Eso fue lo que hablaron aquel día según me contaron los espías del palacio.

—Sin tomar en cuenta mis advertencias, los itzanes blandieron sus armas y las pocas provisiones que tenían y así partieron con rumbo Norte, para tomar por asalto la ciudad sagrada de Tapirí. Caminaron hasta quedar exhaustos, las provisiones eran escasas y los hombres estaban débiles por la mala alimentación de los últimos tiempos. Pero el Pueblo Itzán era muy aguerrido, tenía experiencia en el campo de batalla. La selva estaba tejida con una red de caminos por donde los mensajeros de todas las ciudades corrían llevando misivas de todo tipo y los comerciantes de todas las ciudades transportaban sus mercancías para intercambiar. Incluso los chismes de callejón llegaban a todas las comarcas antes que saliera el sol.

Oxib y su lugarteniente Balám iban al mando. Se dividieron y Oxib tomó la ruta del sakbé, es decir, la ruta de los comerciantes, llevando a los hombres más débiles con él, Balám tomó la ruta del despeñadero, para entrar por la parte trasera del templo. La ciudad de Tapirí no tenía otros resguardos, pero no les fue fácil llegar escalando por las raíces de los árboles de gran tamaño como los chicozapotes y cauchales hasta la cresta principal del templo.

Los itzanes penetraron quemando con sus antorchas todos los ranchos y las siembras. Los moyanos corrían por todas partes gritando como cerdos salvajes, mientras sus chozas se quemaban y sus enseres se hacían cenizas junto con una parte de la selva que, por descuido, también fue alcanzada por el fuego. Las llamas devoraron vastas planicies, la ciudad lloró por la vida de los ancestros que dejaron su estirpe para la sobrevivencia. En pocas horas todo había acabado. Las casas con niños y mujeres adentro fueron quemadas. La cúspide de los templos se esfumó en un abrir y cerrar de ojos como una llamarada de tusas. La selva se transformó en una alfombra humeante. La operación habría sido un fracaso si no fuera porque lograron salvar un tercio de los silos que contenían los granos guardados de la cosecha.

Oxib y los "gemelos sagrados" tomaron la plaza, pero su triunfo les supo amargo al ver el estado en que quedó la ciudad, los cultivos y las barracas de las provisiones. Todo se quemó. Ninguno se percató que, por la sequía, los campos y el bosque estaban secos. El fuego se extendió hacia todos los alrededores y aún después de varios días, se encendían focos de cuando en cuando en los montes lejanos. Otra vez los itzanes estaban en problemas.

La tropa regresó de la batalla con un magro botín y algunos hombres menos. Las viudas y los niños no tuvieron quien los alimentara. Los jóvenes tomaron sus pocas pertenencias y partieron en busca de presas de caza. Los viejos se conformaron con morir en sus ranchos. Los niños más pequeños fallecieron cuando a sus madres se les secaron los pechos. Ellas, ni lágrimas derramaban cuando los dejaban envueltos en hojas de mashán a la orilla de los caminos. Toda la selva se fundió en el llanto de los difuntos, los que se quedaron y los que se fueron.

Fue en esos días aciagos, cuando los campesinos, incitados por el hambre y algunas mentes macabras, tomaron palos y piedras en venganza por las malas cosechas. La emprendieron contra los templos de los dioses malvados que no les proveyeron de suficiente lluvia durante varios años.

Luego la turba se dirigió a los aposentos de los sacerdotes para saquearlos. Destruyeron todo a su paso, esculturas y pinturas de los palacios de los nobles y piezas de arte que se guardaban en casas de los artesanos y artistas. Quemaron también los manuscritos y planos de todas las construcciones, hicieron barricadas para no dejar escapar a los nobles y escribas. Los mataron a todos, junto a sus hijos y sus familiares. Por último, la marabunta encendió una hoguera con todos los archivos del palacio. Aquel holocausto cultural serviría para expiar las culpas de todos los nobles que habían dedicado sus últimos días a regocijarse con bebidas y caldos de setas alucinógenas. Los campesinos creyeron que así acabarían con la ira de los dioses y volverían a tener buenas cosechas.

Para desgracia de los itzanes, muchas lunas pasaron y las lluvias no volvieron. Los necios se dispersaron, pero algunos agricultores se llevaron las semillas que encontraron regadas y se fueron a las montañas, donde la bruma hacía crecer las semillas solo una vez al año. Llevaron el agua de los ríos lejanos para poder obtener unos granos. Con muchas penalidades sobrevivieron, pero no volvieron a tener un reino tan glamoroso.

El anciano rey se quedó en un letargo, los escribas enmudecieron. Tenía la mirada perdida y parecía que repetía algunas historias como si su mente desvariara. Después de unos segundos le ordenó a Chamuc, que despidiera a todos y dijo, —Mejor tomemos un poco más de té de hojas putumayas para no dormirnos.

Los dos tomaron del brebaje que los mantuvo despiertos, con las pupilas dilatadas hasta que las córneas se les llenaron de sangre. Chamuc quería hacer traer un escriba de confianza por lo delicado de las últimas revelaciones, pero el rey no se lo permitió. Así que las horas finales fueron escritas por Chamuc y guardadas bajo siete llaves para que no se supiera el desenlace anunciado por el ángel hasta que todos se arrepintieran y fueran salvos. El viejo rey, cabeza de tronco de chichipate, continuó:

—El final de mis días se acerca. La sublevación de los desposeídos será cruenta. No habrá un lugar como Xibalbá para esconderse de la ira de los dioses por la insolencia de toda la raza. Las nubes de plomo caerán sobre la tierra del maíz llevándose consigo las jacarandas, los conacastes, los cedros y las tecas. Las siembras de milpa, las vainas negras y los ayotales también serán borrados del campo en una sola correntada chilatosa; las covachas y los palacios, los animales de caza y los micoleones nadarán juntos en un remolino de aguas negruzcas o saldrán volando como hojas de papel al viento por los designios del Dios Hurakán. No quedará nada que pueda servir para hacer constar que el ser humano existió. Que estuvimos en este mundo y no volveremos a estar. Es por eso que se nos ordena escribir nuestra historia en piedra. Para que los señores del cielo nos recuerden. Para que sean sepultados nuestros muertos en urnas de cristal y sean venerados por los millones que vendrán después del crepúsculo.

Camé se recostó sobre la estera, cansado por el esfuerzo realizado, pero satisfecho. Ayudado por Balám, ordenó los lienzos de papiro con estuco uno a uno para que tuvieran una secuencia lógica. Los números del calendario quedaron escritos en negro, las caras de los señores principales se parecían a las que Camé había visto en esas pinturas que le trajeron unos comerciantes que dijeron venir del otro lado del océano. Ellos le contaron que las habían rescatado de unas islas remotas que colapsaron, cuando nacieron fumarolas candentes en medio del mar y peñascos enteros cayeron al agua provocando un cataclismo. Incluso más hermosas que ésas, eran las pinturas de los códices llenos de glifos, sellos, y fechas pintadas y las figuras con ornamentos de jade, madera, hueso o piezas de barro que portaban los reyes y reinas en los bellos cuadros que quedaron plasmados sobre los papiros.

Después de colocar los últimos pliegos en orden cronológico, los artistas se llevaron los rollos para continuar picando la piedra, haciendo un ruido ensordecedor que espantó a los animales de la selva por un tiempo, hasta que se acostumbraron a la bulla y regresaron a posarse en los árboles y a beber en las aguadas.

Cuando el Rey Camé terminó de dictar sus predicciones entró en una especie de letargo que duró tres días. En la tarde del tercer día, se incorporó de repente y comenzó a toser y toser sin parar, hasta que vomitó un esputo sanguinolento y maloliente, que se desprendió de sus pulmones enfermos. Balám, su lugarteniente y amigo, se acercó para sostenerlo. Sus órganos colapsaron por los años de inhalar tabaco o tal vez por los fogarones que hacían durante las fiestas de luna llena. Quién sabe por qué, pero la enfermedad se extendió como plaga silenciosa por todo su cuerpo. Se quejaba de un dolor en el vientre que era mitigado con algunas hierbas medicinales, pero su humanidad se iba consumiendo hasta quedar enjutado como ciruela pasa. Solo un milagro podría salvarlo del vértigo mortal. Pero ¿quién desearía vivir después de predecir las circunstancias de su propia caída?

Chamuc derramó una lágrima y Balám haciendo una reverencia, salió del palacio para dar la noticia a Oxib y al pueblo que amanecía ese día de otoño con el semblante marcado por la angustia.

—El rey ha muerto, expreso Balám. El rey vivirá para siempre, porque está escrito que todos los hombres honrarán su nombre por los ciclos venideros.

Cuenta una piedra que los funerales del Rey Camé fueron todo un acontecimiento. Se abrió un pasadizo en el templo que había estado sellado desde su construcción en espera de su inquilino. Allí lo enterraron en una cámara, cubierta con una enorme tapa monolítica esculpida en bajorrelieve con una estampa que recreaba la figura del Rey Camé en su viaje hacia el otro mundo, ese infinito que mora en la intrincada mente de los hombres que creen en dioses y en universos.

Capítulo VIII

Un hombre joven, de cabello lacio y ojos inquisitivos, se esmeraba por limpiar sus botas y lustrarlas para quitarles el polvo que, a cada paso, se levantaba por la veredita donde transitaba y que se había formado entre las toneladas de basura apilada. Se le veía escarbar los escombros, buscando objetos útiles, tal vez algo para encender fuego y poner a calentar unas latas de comida que colgaban atadas a su mochila. El lugar en donde se encontraba era un antiguo asentamiento humano de enormes proporciones, que recientemente, el gobierno había empezado a excavar.

Un pedazo de roca llamó su atención por la forma simétrica de sus lados. Era muy pesada, por lo que tuvo que usar un hierro retorcido para extraerla de la tierra seca, pero aún así, no pudo con ella.

—¡Oye, Joaquín!, ven a ver esto que encontré, gritó animadamente a su compañero que lo seguía unos pasos atrás.

—¿Qué pasa Manolo, encontraste un tesoro?, mira que ayer los de la barraca doce hallaron un lote de joyas de oro y plata cerca de la ladera empinada que baja hacia el Sur. También escuché decir a los muchachos de la Escuela de Arqueología Forense, que aquí hay una ciudad soterrada bajo toneladas de roca y basura. Dijeron que les llevaría años, tal vez siglos, limpiar el sitio y recuperar objetos valiosos en el área.

—Sigamos buscando, tal vez encuentre un buen regalito para mi mujer. Hasta ahora solo he hallado sacos con granos tiesos y pedazos de madera tallada. Se ve que la gente de aquí era muy refinada, porque acumulaban un montón de objetos inservibles.

—Si encontramos algo de valor, debemos avisar a los jefes. Por ejemplo, aquí hay una roca tallada como las otras que hemos visto, pero ésta tiene apariencia de ser muy exquisita, se asemeja a una estatua de mármol, ayúdame a sacarla.

—¡Ahh!, parece que está bien enterrada Joaquín. Parece un ángel, pero con las alas rotas.

—Creo que le puede interesar al jefe, mejor regresemos y le decimos que nos preste a unos muchachos para sacar esta pieza. Se verá bonita en la barraca de los oficiales.

—A ver, te ayudo. Tal vez usando una palanca la logramos sacar.

—Bueno, pero escarbemos alrededor para que no se rompa.

Ambos jóvenes cavaron a los lados con sus cuchillos tipo comando, luego improvisaron una palanca con un hierro oxidado e intentaron hacer fuerzas para sacar la pieza. Se dieron por vencidos al ver que la escultura estaba pegada a la base de un capitel similar al de las columnas encontradas en otros sitios antiguos. Después averiguaron que se trataba de una pieza de enormes proporciones.

—Oye, creo que esta escultura es parte de algo más grande. Es una pieza valiosa, debió ser tallada por un artista. —Explicó Manolo, un poco más entendido en esos asuntos.

—¿Tal vez hay un tesoro escondido debajo? —dijo Joaquín con su acostumbrada candidez.

—A mí me basta con algo de comer, en estos tiempos, eso ya es ganancia. He visto morir demasiada gente últimamente y el gobierno no hace nada. Ellos están más preocupados por enriquecerse. No se ocupan de un ejército de harapientos como nosotros.

—Tienes razón, yo solo tengo a mi mujer. El resto de la familia murió diezmada durante la guerra y los pocos que quedaron emigraron hacia la América. Allá tengo un tío lejano pero no tengo cómo contactarlo. La única que mantenía correspondencia con ellos, era mi madre.

—Cuenta conmigo para lo que sea. Solo apoyándonos lograremos sobrevivir a esta crisis que no parece tener fin. Sigamos escarbando un poco.

—A ver si encontramos algo para vender en el mercado negro.

—¡Espera! aquí hay algo raro, —le advirtió Manolo a Joaquín que, por ser más novato, era un tanto intrépido.

—Oye, la tierra se está hundiendo como si fuera un reloj de arena. Ten cuidado, puede ser una caverna subterránea a punto de colapsar.

Los dos se acercaron cuidadosamente al agujero y vieron cómo el polvo de los bordes caía hacia abajo en el mismo lugar en donde habían retirado un capitel neoclásico, inclinado sobre la superficie.

—Hay una grieta profunda en una especie de muro. Es probable que sea una pared colapsada.

—¡Cuidado!, —gritó Joaquín, al tiempo que se apartaba de la orilla con un salto que lo obligó a tirarse a tierra.

—¡Esto se está derrumbando! —dijo Manolo un poco asustado, al mismo tiempo que un trozo de bóveda se desprendía cayendo estrepitosamente al fondo de un largo abismo. El tiempo de caída le pareció una eternidad.

A los pies de los dos gendarmes, se veía un agujero de poco más de un metro de diámetro por donde se extendía un precipicio que, calculó rápidamente Manolo, podría tener unos veinte metros de alto. Abajo, un recinto abovedado surgió iluminado por la luz del hundimiento.

—Es mejor que avisemos del hallazgo de inmediato. Regresemos a la base para traer refuerzos. Las condiciones son inestables, no podemos arriesgarnos, —advirtió Manolo a Joaquín, que se sacudía el polvo del uniforme y recogía su gorra del suelo.

—Deja, yo me encargo. Traeré al teniente Cubero para que evalúe el sitio, —ofreció Joaquín.

—Bien, diles que traigan cuerdas, polipastos y varios hombres para hacer una inspección, veremos de qué se trata.

—A sus órdenes jefe, —dijo Joaquín cuadrándose al estilo militar pero con tono afable, aunque con un dejo de verdadero respeto por la sensatez de Manolo. Luego, empezó a saltar entre las rocas y los matorrales que cubrían un campo sembrado de trozos de madera, plástico, llantas y otros desechos arrastrados por el aluvión. El sitio parecía una escultura natural de material reciclado.

Manolo se retiró un poco y se sentó en un montículo a meditar. Pensó en su mujer y en el hijo que estaba por nacer. Cerró los ojos y soñó por un instante en la posibilidad de una vida mejor. Recordó a sus padres y su lucha por darle a él y a sus hermanos educación de calidad. También rememoró sus años de estudiante en la Escuela de Ciencias y en todos los conocimientos acumulados que ahora no le servían para nada. La filosofía era solo un recuerdo vago en su memoria, después vendrían las penurias, la guerra y su incorporación a las brigadas de rescate. Sus compañeros estaban casi todos muertos, una generación perdida, un pueblo diezmado por el hambre, la peste y el suicidio en masa de los deprimidos por la soledad.

No terminaba de entender qué extraña fuerza lo había llevado aquel día a los muelles para meditar y replantearse un futuro que, hoy, no tenía el menor sentido. Se tuvo que esconder de la lluvia en un barco abandonado que lo salvó de ser tragado por las olas vertiginosas del océano y de las fauces de los tiburones. Meditó sobre su encuentro con Brenda, quien se convirtió en su compañera de vida. Comprendió que era un hombre nuevo, un ser humano metido en la vorágine de un mundo unificado por el miedo. Sus pensamientos fueron interrumpidos por el llamado de Joaquín.

—¡Manolo! ¿en dónde estás?, —gritó Joaquín acercándose cuidadosamente para no caer en el agujero que intentaba vislumbrar entre los desechos y tratando de guiar a los otros seis soldados que le seguían hasta el lugar del hallazgo.

—¡Aquí!, vengan por este lado, tengan cuidado porque hay vidrio y hierro por todas partes, —dijo Manolo, saliendo de entre las dunas de escombros.

—Teniente Cubero, me alegro de verlo, le tengo una buena noticia, hemos encontrado una bóveda subterránea que debemos explorar.

—Ya me informó el soldado Mendoza, trajimos cuerdas y poleas para ver si podemos bajar al fondo.

—Es por aquí, en esa loma de allá, dijo señalando un abultamiento de tierra que sobresalía un poco, como una especie de montículo que le confería un aire algo místico.

Los hombres caminaron en silencio, llevaban la pesada carga a cuestas. El teniente fue el primero en echar un vistazo y se sorprendió de su tamaño y profundidad. Tomó una roca mediana y la dejó caer con el propósito de verificar la profundidad. Entonces escuchó el eco que resonó bajo la tierra.

—Parece el interior de una cámara. Debe tener unos quince metros de alto, pero la luz es muy tenue para apreciar su dimensión completa. Tendremos que bajar con sumo cuidado, no podemos perder a nadie, —dijo Cubero, preocupado -como era su costumbre- por la seguridad de sus hombres.

El primero en bajar fue un soldado corpulento que se ubicó en el fondo para sostener la cuerda y tensarla. Minutos después, le siguieron los otros, un poco inquietos por la fragilidad de la estructura pero, a la vez, emocionados por la curiosidad de lo desconocido. Los últimos en descender fueron Manolo y el Teniente Cubero quien, al ver la magnificencia del recinto, exclamó:

—¡Pero qué diablos es esto!

—No lo sé, —contestó Manolo, mientras sus ojos recorrían las paredes en la misma dirección que la luz de su linterna y se detenían en el fondo de un corredor cubierto por una bóveda de arcos y cúpulas.

En los cruceros del edificio, se podían ver algunos muros abatidos por la humedad y el tiempo, en cambio, también habían recámaras completas sin daños visibles, pero cubiertas de telarañas y polvo. Habían objetos regados por todas partes como si los escombros hubieran entrado volando por los ventanales, pero en su mayoría eran cuadros raídos, alcanzados por la humedad. Sin embargo, algunas pinturas permanecían montadas sobre las paredes intactas, aún mostraban su preciosismo dentro de sus marcos de madera cubierta con lámina dorada.

Joaquín y Manolo, guiados por la curiosidad, caminaron hasta un pasillo rematado con una entrada amplia que daba paso a otra cámara más pequeña. Las paredes estaban en mejor estado que el resto del edificio. Los amigos, parados en el centro de la habitación, no daban crédito a lo que estaba frente a ellos. Allí, como esperando el tiempo, perfectamente colgado sobre la pared del fondo, un cuadro se exhibía dentro de un marco dorado. En él, una hermosa pintura que mostraba a un hombre con las manos extendidas y clavadas a una cruz de madera. Sus pies, uno al lado del otro, descansaban sobre una repisa con clavos sobre el empeine.

—Manolo, ¿No es éste el mismo tío que han encontrado por todas partes?, ¿ese Jesús que –dicen- murió para salvarnos?

—Sí, es el mismo. Pero en esta pintura luce diferente, fíjate Joaquín, sus pies no están uno sobre el otro. Cada uno está clavado por separado, pero lo más curioso es que sus heridas no sangran.

—¡Cierto! en casi todas las imágenes que he visto, se le retrata con mucha sangre manando de sus heridas, y en su rostro por la corona de espinas. La gente primitiva era muy salvaje. Mira que asesinar a una persona de esa manera y después mostrarla por todas partes como si trataran de aterrorizar al resto a manera de advertencia.

—Pienso más en un rito o culto. No creo que fuera para aterrorizar a la población. El rostro muestra que era un hombre bueno. Un inocente sacrificado. Se han encontrado muchos escritos sobre Jesús, pero todos se contradicen.

—Un hombre torturado, eso es lo que me parece. Pero tienes razón, este retrato es distinto. No le pintaron la sangre. ¿Tendrá algún significado? Podría ser un extraterrestre, —dijo Joaquín cuya imaginación y simplicidad a Manolo le parecían sorprendentes.

—También podría ser un santo. O bien, la pintura muestra un instante preciso del tiempo. Cuando las heridas se infringen y la sangre no ha comenzado a brotar. Esa idea me parece genial. El nombre del artista está escrito en el marco: Francisco de Goya y Lucientes, 1780, —leyó despacio, y de inmediato se volvió hacia la entrada.

—¡Teniente Cubero! ¡Venga a ver esta pintura!

—Veamos que hay allí, —contestó a lo lejos Cubero, quien se había quedado admirando unos cuadros en el corredor principal.

—Teniente, me parece que esta pintura es milagrosa. Mire el estado en que se encuentra. Es como si nunca hubiera estado enterrada. Incluso el marco está poco empolvado.

—Tiene razón Fernández, que nadie lo toque. Debemos llamar a los expertos para que se le hagan los análisis periciales. Pero venga a ver lo que nosotros hemos encontrado. Allá hay unas pinturas, —dijo señalando el fondo del salón principal, —en donde aparecen hombres devorando niños. Esto demuestra que en esa cultura se practicaba el canibalismo. También, hay escenas de contenido sexual muy explícito, mujeres desnudas que se tocan entre ellas, hombres que parecen mujeres y unas escenas como de orgías macabras en donde la gente está desnuda o es asesinada con lanzas. Son imágenes que no corresponden a la idea que tenemos de esas civilizaciones primitivas.

—Mire teniente, tiene razón, aquí hay un tipo que está devorando a un niño. Se puede ver el grado de desviación al que llegó esa gente. Tal vez eso hizo que su cultura colapsara, luego dicen que nosotros somos los salvajes.

—Creo que el grado de corrupción exacerbado a niveles extremos, es lo que ha provocado el colapso de muchos imperios. Es una constante que no podemos obviar. La historia de la humanidad está plagada de ejemplos como los que vemos ahora en estos cuadros. La importancia de este hallazgo es, precisamente, la comprensión del pasado para prever el futuro.

—Interesante reflexión soldado Fernández. ¿Cuál era su profesión antes de entrar en la milicia?

—Impartía cátedras en la Facultad de Filosofía, pero de eso hace mucho tiempo.

—Magnífico, pediré su asesoría sobre este tema. En adelante lo nombro mi asistente personal. Ahora subamos, tenemos mucho qué hacer. Para empezar, usted queda comisionado para redactar el informe sobre este descubrimiento, mañana nos reuniremos con el alto mando.

Capítulo IX

El Doctor Alfred Deschamps -experto en el estudio de la Civilización Itzán- llegó con unos minutos de retraso al Auditorio Nacional de Historia. El chofer, que debía recogerlo en el aeropuerto para dejarlo en el hotel, sufrió inconvenientes por el clima. Además, debió de retrasar su arribo porque todos los vuelos fueron cancelados en prevención de una tormenta que, de momento, se encuentra frente a las costas de Nueva York y avanza lentamente.

Las autoridades han decretado la cancelación de clases en todas las escuelas y universidades; indican que solo los trabajadores de las brigadas de socorro deben salir a las calles. Sin embargo, el pánico que se ha apoderado de los ciudadanos estadounidenses, está provocando que las personas salgan en sus vehículos para abastecerse de víveres y combustibles, en consecuencia, han dejado vacías las estanterías. El transporte de combustible también se encuentra detenido como consecuencia del huracán que inundó las calles, los viaductos e hizo colapsar varios puentes en las carreteras que corren desde el Golfo de México hasta Massachusetts.

Las líneas de conducción del flujo eléctrico, sufrieron serios daños, dejando sin energía a millones de personas en varios Estados de la Unión Americana. Los noticieros informan que los apagones no están permitiendo a las gasolineras utilizar las bombas para surtir a los vehículos, cuyos conductores desesperados se han agarrado a golpes con los empleados, a quienes culpan por el problema. Algunas personas están caminando varios kilómetros para abastecerse de gasolina, agua potable o para cargar sus teléfonos móviles. La paralización del transporte y de todas las conexiones de Internet, parece ser uno las mayores causas del pánico generalizado. En todas partes el gobierno lucha por apagar las revueltas en los barrios, donde las pandillas han incursionado en una serie de asaltos a los comercios y viviendas.

En el trayecto, para llegar a la conferencia, el Doctor Deschamps no se ha podido comunicar con sus colegas, quienes lo han llamado de emergencia para que colabore con sus declaraciones para calmar los ánimos de los ciudadanos, entre quienes se ha desatado el pánico, porque la prensa anuncia el final del mundo. Principalmente, se debe al resurgimiento de la secta, cuyos miembros se hacen llamar "Los Guerreros del Fin del Mundo". Sus dirigentes han provocado -con declaraciones alarmistas- que se produzca un caos en diferentes partes del país. El líder de la secta, el señor Voice que se hace llamar a sí mismo "La Voz" y dice ser el vocero de Dios en la tierra asegura que el fin del mundo se acerca y todos morirán, por lo cual incita a sus seguidores a realizar atentados terroristas suicidas para que su teoría se cumpla tal como él predice.

El recinto en donde se tiene preparada la conferencia, se encuentra atiborrado de periodistas y cámaras de televisión que transmiten en vivo desde sus unidades móviles. Entre el público se encuentran algunos personajes de la comunidad científica, seguidores o detractores de las teorías del Doctor Deschamps. Desean conocer -de viva voz- los hallazgos en Quetzumal. Algunos de sus ex alumnos también se hallan entre los invitados, junto a los delegados de varios ministerios de gobierno, quienes no tienen la menor idea de por qué los mandaron a escuchar a un arqueólogo famoso hablar sobre las predicciones del fin del mundo. Pocos minutos más tarde la Secretaria de Estado, Hillary Clinton, hace su ingreso, se dirige a la concurrencia y le da la palabra al Doctor Deschamps. La presencia de tan alta funcionaria, llama la atención de algunos, quienes murmuran sobre la importancia de las declaraciones que están a punto de escuchar.

—Señoras y señores, no he venido para hablarles de mis descubrimientos arqueológicos en Quetzumal, ni sobre las predicciones escritas en los códices que concuerdan a la perfección con los grabados de piedra en la escalinata encontrada en esa ciudad. Como todos saben, en estos grabados que forman La Escalinata de Caracol se narra la historia de una gran civilización. Aparentemente, su gobernante máximo, el Rey Camé, mandó a construir esta estructura, para que la generación futura conociera los hechos que provocaron el declive de su pueblo. Tampoco les hablaré de cómo la corrupción de una sociedad y sus excesos, junto a una serie de eventos catastróficos de la naturaleza, sepultaron las pirámides y toda su producción artística, minando el poderío del imperio hasta su desaparición, —Alfred hizo una pausa para beber agua y continuó.

—Hoy tenemos la certeza que los vaticinios sobre el fin del mundo en el 2012 son falsos. La fecha está cerca y todo indica que la profecía no se cumplirá. Hemos descubierto que existe una inconsistencia en la cuenta del Calendario Itzán. Se debe, en principio, a una apreciación distinta para cada cultura o civilización. Pero, principalmente, a lo que yo he denominado la "Teoría del Año Cero".

El arqueólogo dio una vuelta y con un suave roce de su mano transfirió a una pantalla de cristal, colocada a su derecha, los hologramas con imágenes descriptivas de los vestigios. Mostró, una a una, las fotografías en tercera dimensión de las esculturas, las pinturas sobre papel de estuco de los códices y otros detalles mientras sus colegas veían con asombro la calidad de los bajorrelieves y la exactitud en la disposición de las piedras, en forma curva, de la Escalinata de Caracol de Quetzumal.

—Como se puede apreciar, cada bloque muestra una fecha colocadas al lado de las inscripciones, sin embargo, al decodificar estos números, encontramos un problema que representa el mayor desafío, sobre todo para los amantes de la numerología. Sabemos que los itzanes utilizaban el cero y un tipo de cuenta vigesimal similar a la usada en el calendario de Los Mayas. Los días llamados kines se utilizaban para expresar los ciclos de los diferentes calendarios, pero principalmente para la Cuenta Larga. Sabemos también que el número 9 representaba, dentro de la cosmología Maya, a los Nueve Señores del Tiempo, simbolizados claramente en los nueve escalones del Templo de las Inscripciones del Rey Maya Pacal en la ciudad de Palenque.

El calendario Maya, igual que el Itzán, usaba estos ciclos con suma 9, por ejemplo un tun de 360 kines (3+6 = 9) es equivalente a 18 uinales (1+8 = 9); un katún es equivalente a 360 uinales que equivalen en total a 7,200 kines (7+2 = 9) y un baktún equivale a 144,000 kines o días solares que también suman la misma cifra (1+4+4 = 9); esta coincidencia se repite con un piktún 1.872,000 (1+8+7+2=18, donde 1+8=9). Pero lo más interesante es que encontramos otras coincidencias similares, por ejemplo, la fecha proyectada para el cambio del Baktún 12-21-12, según el calendario gregoriano actual, forma lo que en la región de Mesoamérica se conoce como "capicúa", es decir una coincidencia de cifras al principio y al final de una serie de números cualquiera. Pero si sumamos estos números, nos arrojan nuevamente una suma de 9 (1+2+2+1+1+2=9). Además, la rueda calendárica da origen a un ciclo superior que fusiona los 3 calendarios: el Tzolkín, el Haab y la Cuenta Larga. Nótese que el número 3 corresponde a la raíz cuadrada de 9 y cuando estas ruedas se alinean empieza lo que sería el equivalente a un nuevo siglo. Esa fecha, en la antigüedad, se conmemoraba con una ceremonia de fuego. El Doctor Deschamps hizo una pequeña pausa para ver las reacciones en los rostros de los presentes y de inmediato continuó.

—Si comparamos el calendario Maya con el nuestro, es decir el Calendario Occidental, un siglo Maya es equivalente a 52 años de 365 días, pero sin contar los días adicional de los años bisiestos que sumarían, en ese lapso, otros 13 días. El número 13 también se relaciona con el calendario Tzolkín que está formado por 13 meses de 20 días cada uno. Por aparte, la Cuenta Larga contiene 5 capas cíclicas que miden el mismo tiempo expresado de formas diferentes: una capa de 13 baktunes, otra de 260 katunes, otra de 5,200 tunes y otra de 7,200 tzolkines, y también existe otro ciclo llamado Ahau de 13 katunes o 93,600 kines (cifra reducible a 9), es decir, de 360 tzolkines. La Cuenta Larga también se compone de 20 Ahaus. —El doctor hizo otra pausa para tomar aire y beber agua, luego regresó al estrado para continuar.

—Ustedes dirán que me he extendido demasiado en explicaciones numerológicas las cuales, en apariencia, no tienen relación con el tema principal de esta alocución y les pueden resultar confusas queridos colegas, pero el problema radica en que el calendario Haab que mide el año solar dividiéndolo en 18 meses de 20 días, consideraba que los últimos 5 días llamados uayeb eran días de mala suerte y generalmente eran excluidos de los registros cronológicos, tal como sucede en algunos edificios en la actualidad en donde, por superstición, excluimos el piso número 13 aunque en realidad esté allí. Dentro de la comunidad científica, especializada en estudios Mayas, se cree que estos días sí se fechaban, es decir, que sí eran tomados en cuenta dentro de los ciclos del calendario, sin embargo, hemos encontrado indicios, en las inscripciones grabadas en piedra de la Escalinata de Caracol, que contradicen esta práctica Maya. Los itzanes, en contrario, borraban estos días de su calendario y empezaban a contar de cero. Es un hecho que, el primer día de cada mes era representado con el símbolo del cero, momento en que se empezaba a contar cada ciclo. Por tanto señores, lo que he querido expresar con todas las explicaciones anteriores es que, si los itzanes contaban desde cero el inicio de cada ciclo significa que, para esta civilización, el 21 de diciembre del año 2012 según nuestra Era cristiana, lo que para los Mayas es el Trece Baktún, para los itzanes es el Doce Baktún en términos reales.

En ese instante, cientos de murmullos se escucharon en la sala y algunos alegatos airados de los expertos en Civilización Maya, quienes no podían creer lo que acababan de escuchar. La Secretaria de Estado se vio en la necesidad de intervenir para poner orden y poder continuar con las explicaciones del Doctor Deschamps.

—¡Señores! —dijo en voz casi gritona. Dejen que el Doctor Deschamps termine su explicación porque lo que viene es más importante que cualquier relación numérica.

—Gracias señora Secretaria. En efecto, las inscripciones encontradas en la Escalinata de Caracol, construida en tiempos del Rey Camé, no coinciden con la cuenta del Trece Baktún del Calendario Maya. Como tampoco los mayas predijeron que al finalizar este ciclo se terminaría el mundo, tal como los medios están especulando. Sin embargo, los itzanes predijeron que el fin de la civilización llegaría en el Trece Baktún pero según su cuenta calendárica, lo que finaliza el 12-21-12 es el Doce Baktún. Lo que equivale a decir que faltan 7,200 uinales, es decir 144,000 días para que eso ocurra. En síntesis señores, el mundo no se acabará tan pronto, si tomamos como buenas las profecías del Rey Camé. Ésta es la toda la información que puedo darles y es la principal razón de mi presencia ante ustedes, pero mi equipo seguirá investigando y analizando los hallazgos. Agradezco al gobierno de los Estados Unidos su preocupación por el tema. Es necesario que no se produzca un caos generalizado y que las personas se queden en sus hogares.

Acto seguido, el Doctor Deschamps bajó del estrado y una centena de periodistas lo atacaron con preguntas insólitas. La seguridad en el recinto había sido triplicada por órdenes del Presidente Obama, dadas las declaraciones inesperadas del científico que fue sacado a empujones por los reporteros. Los guardias le abrieron paso hacia una limosina que lo llevó al hotel en donde se alojaba y a la mañana siguiente partió de regreso al campamento base en Quetzumal.

Capítulo X

Leyla terminó de doblar las últimas prendas. Tomó una pila de ellas para colocarla en el clóset y apagó la luz. Ya en la cama, encendió el televisor para ver las noticias de las ocho y cuarenta y cinco. Por un instante, pensó que estaba viendo una película de horror. En la pantalla se sucedían imágenes de cientos de muertos en todas partes del mundo. Algunos heridos eran cargados por paramédicos, otros por los bomberos que se esmeraban en tranquilizar a unas ancianas rescatadas de un asilo destruido por los huracanes. Los socorristas y voluntarios se turnaban apilando cadáveres sobre un camión mientras una retroexcavadora hacía una zanja en un sitio baldío para que sirviera de fosa común. De las casas derruidas, salían lamentos, gritos y los ladridos de algunos perros atrapados entre las ruinas. Algunas mascotas, de ojos lastimeros, acompañaban los cuerpos de sus amos para que otros sabuesos no se alimentaran de los cadáveres. Tal vez habían intentado salvarles la vida pero, sea con fuere, todo el escenario era esperpéntico.

Leyla cambió de canal para poder comprobar que no se trataba de una de esas películas alarmistas sobre el fin del mundo. Pero el noticiero de un canal japonés, también mostraba imágenes de playas paradisíacas en las islas de Indonesia, en donde los cuerpos se aglomeraban sobre la arena mientras las caras de los sobrevivientes parecían quedarse en el limbo con la mirada incierta, prendida en el más allá.

Ahora la madre de Xarín empezaba a inquietarse. Su rostro estaba pálido y un frío intenso la hizo buscar de inmediato una cobija gruesa para envolverse. ¿Era posible que el fin del mundo estuviera cerca esta vez? Los indicios eran contundentes.

En tanto su hija Xarín, arqueóloga connotada y reconocida por ser la hija del desaparecido Alfred Deschamps y seguidora de sus descubrimientos, impartía una cátedra inaugural en el Auditórium de la Universidad Nacional, frente a otros renombrados colegas y estudiantes.

—En esta imagen múltiple vemos que, entre los mayores avances realizados por la Cultura Maya se encuentran los acueductos a nivel del suelo, que les proporcionaron la oportunidad de utilizar el riego en los campos de maíz. Casi al final de su esplendor, —continuó diciendo mientras se colocaba los lentes electrónicos para leer el texto preparado por su asistente, —estas culturas antiguas se dieron cuenta que debían dejar constancia de sus logros y de las causas de su declive. Fue entonces, cuando un rey llamado Camé se propuso contar la historia en glifos tallados sobre piedras, y mandó llamar a los escribas para que recogieran sus relatos en grandes pliegos de corteza de maguey. Luego, los escultores y pintores se encargaron de ilustrar las historias y plasmarlas en bajorrelieves sobre unos bloques de piedra cubiertos con estuco. El visionario Rey Camé fue sepultado en el centro de la espiral que contiene su biografía, orígenes y descendencia. Un papiro que contenía el mapa de la ubicación de Quetzumal y un dibujo bastante elaborado de la Escalinata de Caracol, fue el primer descubrimiento importante de finales del milenio, cuando también se encontraron los códices que contenían los bocetos de cada uno de los bloques. El Doctor Alfred Deschamps, mi padre, al terminar de estudiar los glifos con la asesoría del Doctor Fahsen, descubrió una serie de datos y fechas que no tenían concordancia con los encontrados en las pirámides y sitios Mayas. Los itzanes, a pesar de las similitudes, es un grupo ligeramente distinto a los Mayas. Las pruebas realizadas hasta ahora por medios electrónicos sofisticados, así lo indican.

En ese momento, uno de los asistentes, un hombre mayor, regordete, de cara enrojecida por el alcohol, levantó la mano para pedir la palabra.

—Doctora Deschamps, me podría usted decir cómo llegaron a semejantes conclusiones, acaso sugiere que se trataba de una cultura superior o más antigua que la Maya. ¿A qué se debe que no hayamos sido informados antes sobre sus conclusiones sobre el sitio de Quetzumal?

—Estimado colega Prudni, las estimaciones hechas con carbono 14 arrojaron datos poco certeros sobre la fecha de construcción de Quetzumal. En los últimos años y con nuevos aparatos de medición, incluso los sitios Mayas han tenido que ser reevaluados. Pero la calidad de los artistas que trabajaron en los códices y en la talla de los bloques de piedra, son inmejorables. El grado de abstracción de cada figura hace que sea muy difícil decodificar cada glifo, sin embargo, la semejanza con otras inscripciones posteriores, facilitó la lectura. Diría que se asemejan a los hologramas modernos y cada piedra es como un microrrelato. Una serie de cuentos cortos que componen una novela en movimiento esculpida en la roca. Lo bueno es que puede leerse a simple vista, no se requiere de medios electrónicos. Imagínese usted que, en el futuro, alguien encuentra una tableta con toda la información que hoy poseemos, ¿cómo podrían nuestros descendientes leerla si no poseen el conector, un servidor para enviar la información o el mismo tipo de energía que usamos en la actualidad? Los sistemas modernos poseen muchas desventajas para conservar la información, la piedra puede durar siglos. Por ejemplo, —dijo y desplegó en el aire con su mano otra imagen de una ciudad del siglo XXI, —en el futuro, la cibertecnología eliminará los libros físicos y, si no encontramos un medio de guardar esta información de forma segura, todo se perderá. Si esto sucede, posiblemente logremos en el futuro decodificar algunos archivos regresando a la tecnología obsoleta, pero no podemos saber si, en el caos, se perderán también los medios o la información para reproducirlos, o bien no existirán los materiales adecuados para ello. Hoy los científicos tratan de reconstruir este rompecabezas del pasado, pero únicamente con perseverancia y muchos recursos podremos lograrlo.

—Qué hay de la Escalinata de Caracol hallada en Quetzumal. ¿Se han encontrado otras de su tipo?, —insistió el hombre.

—El imperio de los itzanes fue único en muchos aspectos, pero, principalmente, es único por la construcción de esta estructura. El Rey Camé fue, sin lugar a dudas, un hombre extraordinario. Con una visión futurista que rebasó los límites de la realidad. Podríamos compararlo con otros genios creadores como Julio Verne o Leonardo Da Vinci. Personas que se adelantaron a su época y fueron incomprendidos por sus contemporáneos. Es por eso que creemos no existe otra estructura similar en todo el territorio y hemos tomado todas las precauciones para evitar su deterioro. Sabemos que los saqueadores la tienen en la mira. No podemos arriesgarnos a perder un patrimonio que contiene las predicciones del futuro de la humanidad. Son los descubrimientos antiguos los que guían el avance de las civilizaciones y predicen su declive.

—Doctora Deschamps, —dijo un anciano que levantó la mano para hacer uso de la palabra. —Creo que su padre estaría muy orgulloso de escucharla hablar sobre estos temas, la felicito y la exhorto a seguir adelante. La verdad debe germinar de las profundidades de la ignorancia para bien de las generaciones venideras.

—Gracias Doctor Fahsen, es usted muy amable, pero es usted quien debe recibir los aplausos por decodificar los glifos con tanta certeza. – Dijo Xarín al mismo tiempo que inició los aplausos y fue seguida por la concurrencia que la aprobó con vehemencia hasta que todos se levantaron de sus asientos.

*****

Sin percatarse de ello, los alarmistas eco-histéricos habían minado la credibilidad de los analistas científicos sobre el cambio climático. Lo que sobrevino fue peor a lo narrado en las antiguas inscripciones. Las noticias daban cuenta de espectaculares erupciones de volcanes, que antes estuvieron inactivos por siglos, a lo largo y ancho de la Sierra Madre. Las cenizas se amontonaban en los techos, en los patios de las casas o sobre las matas de café, maíz y ajonjolí. Las reses, los cerdos, las gallinas y todos los animales rastreros quedaron envueltos en la nube grisácea que bajó de las cumbres como una bola de fuego de proporciones atómicas. El cielo se tornó obscuro de tanto polvo y no se podía ver nada a más de un metro de distancia. Los animales, en sus madrigueras, se ahogaron cuando la masa piroclástica penetró por los pescuezos y rellenó los pulmones, quemándolos con el calor de las entrañas de la Tierra. Por el intenso calor se incendiaron, como si fueran leña de ocote, los palos de madrecacao, las gravileas, los conacastes, las jacarandas y las ceibas milenarias se partieron como si fueran matitas de chipilín recién brotado. Las plataneras, las bananeras, los cultivos de palma africana y todo lo que se encontraba al paso, fue arrasado; la caña de azúcar, los cafetales, las huleras y los cultivos forrajeros se hicieron ceniza en segundos. No hubo manera de alimentarse, cuando la gruesa capa de ceniza lo cubrió todo.

Los tup —monos aulladores- enloquecieron y sus gemidos se sofocaron en el silencio de la selva. Tembló y se sacudió la entraña del mismísimo Geos que se partió en dos, cual corazón herido en un hilo zigzagueante de certera puñalada. Los templos, las deidades y los rascacielos, todos cayeron demolidos por un soplo infernal.

El calor intenso desencadenó la lluvia, unos nubarrones grises dominaron el firmamento como el cataclismo anunciado en el Apocalipsis del Armagedón. No hubo tiempo de correr cuando las olas subacuáticas galoparon silenciosas sobre las cadenas montañosas de las profundidades y se estrellaron en las arenas profundas. El océano se convirtió en un monstruo que abrió sus fauces para devorar las palmeras y a los bañistas quienes -desprevenidos- bebían en los barcitos tropicales apiñados en las playas de Fidji, Madagascar o Key West. Se los tragó el mar, cual mounstro marino de fauces hambrientas. La costa fue borrada del mapa en segundos, los pocos sobrevivientes iniciaron el clamor de los penitentes. Solo quedaron los riscos pelados en algunas partes. Lugares como Manhattan, Valparaíso y Shanghai fueron engullidos por el gran maremoto. Cuando los noticias comenzaron a llegar, cundió el pánico.

Los mandatarios y jefes de gobierno de las principales potencias, se quedaron inmovilizados en sus resguardos nucleares ante la magnitud de la destrucción. Las predicciones de sabios y profetas, las advertencias de los hombres de ciencia, el clamor por la tierra de los chamanes y la histeria colectiva de los ambientalistas, fueron superados por el miedo que corrió por las calles, como mecha de dinamita en el instante de un grito. Los noticieros, en sus últimos estertores, no se daban abasto para transmitir, una tras otra, las espantosas imágenes del holocausto.

"EL Secretario de la Defensa de los Estados Unidos indica que se están llevando a cabo las primeras labores de rescate de los posibles sobrevivientes atrapados entre los escombros del Empire State, considerado el edificio más emblemático de los Estados Unidos, que ha quedado reducido a una pila de escombros y hierros retorcidos." —Anunciaba una presentadora de la cadena Univisión, al tiempo que transmitía imágenes escalofriantes de todas partes del globo en donde las olas destruían lujosos hoteles en las riberas de lo que antes fueran playas de arena blanca, hoy convertidas en una sopa de cadáveres y restos de viviendas anegadas por el tsunami.

"Las Torres Petronas recientemente inauguradas en Malasia se han convertido en una amenaza para la seguridad de las personas que huyen despavoridas ante su inminente caída. Se ha desatado el fuego por una fuga de gas en el piso 29 y los expertos consideran que las bases no resistirán mucho tiempo antes de caer como sucedió con las Torres Gemelas de Nueva York, en los atentados del 11 de noviembre de 2001." —Explicaba otro presentador de la cadena de noticias CNN que había desplegado todo un contingente de reporteros, cámaras y llamado a todos los especialistas en catástrofes, geólogos y miembros de los cuerpos de socorro para que alertaran a la población de las posibles consecuencias de todos los eventos presentes y futuros.

El ruido ensordecedor de las sirenas de las motobombas y carros de la policía, hacían que los momentos angustiosos se multiplicaran. Las personas corrían de un lado a otro sin saber a dónde dirigirse. Algunos ejecutivos aún cargaban sus atachés con documentos que creían importantes, pero aferrarse a ellos era, a todas luces, una locura, entonces, para aligerar su paso los dejaban tirados haciendo que los transeúntes tropezaran y se lastimaran.

"Interrumpimos esta transmisión para informarles que en Guatemala ha ocurrido un terremoto de grandes dimensiones, el epicentro fue localizado en el norteño departamento de Petén. Según el Instituto de sismología de aquel país, el movimiento telúrico registró una intensidad de 10 grados en la escala de Ritchter. Otro sismo se ha registrado en una zona marítima de Haití y nuestro corresponsal en Panamá ha informado de una grieta que se está ensanchando y que corre paralela a la zona del Canal. Estas noticias son verdaderamente alarmantes," —lloriqueaba el presentador visiblemente afectado y temeroso.

La información del pánico -y con cortes en su transmisión- manaba de diferentes partes del globo. Desastres naturales o provocados por la impericia de los gobernantes se sucedían en un maremágnum, comparable solo con las narraciones apocalípticas de la biblia o las profecías enigmáticas de Nostradamus. Tanta información desordenada y confusa era prácticamente imposible de asimilar y decodificar. De pronto, uno de los noticieros de mayor cobertura internacional, encadenada a corresponsalías de todo el mundo, por orden del Presidente de los Estados Unidos, empezó a describir un fenómeno que estaba siendo detectado por los radares, las sondas, los satélites y todos los aparatos de medición del clima; el hemisferio Norte había empezado a rotar paulatinamente hacia el Sur. La tierra se balanceaba de forma inversa como si fuese un globo flotando en el aire, impulsado por helio. Centroamérica era una de las zonas más afectadas. En Guatemala se estaba abriendo una brecha que partía desde las islas caribeñas de Cuba y Puerto Rico hasta la Bahía de Amatique, cruzando la Sierra Madre para terminar en Chiapas. En el Golfo de Nicoya, en Costa Rica, otra grieta, de más de cien metros de ancho, se había tragado varias ciudades, carreteras, automóviles y gente. El istmo centroamericano se había convertido prácticamente en una isla y, paulatinamente, era empujado por la placa tectónica de Cocos hacia el Océano Pacífico. Los volcanes más altos de la región no paraban de hacer erupción. La gente corría para todos lados sin tener a dónde ir. El Volcán Santiaguito, el Volcán de Fuego, el Volcán de Pacaya en Guatemala; el Izalco en El Salvador; los volcanes San Cristóbal y Concepción en Nicaragua, y en

Costa Rica, el Volcán de Turrialba y el Arenal, también lanzaban bocanadas de lava ardiente que eran visibles desde el espacio, porque cubrían todo el istmo con una nube semejante a un hongo atómico.

Terremotos, tsunamis, tifones, tornados, huracanes, erupciones, desprendimientos de montañas y el hundimiento de varias islas del Pacífico, eran solo algunas de las cosas que pasaban simultáneamente, mientras que, en El Pentágono, se reunían los científicos y los estrategas militares con los presidentes norteamericanos de México, Canadá y Estados Unidos. La Secretaria de Estado salía, en transmisión encadenada por la televisión, a cada tanto, para dar declaraciones, pero sus palabras eran frases inconexas sin ningún sentido.

"La humanidad debe permanecer en calma. Pueden estar seguros que los gobernantes están haciendo todo lo posible para que la situación no se salga de control. El pueblo norteamericano sabrá levantarse de las cenizas cuando lo peor haya pasado." Luego, enunciaba alguna teoría académica -poco creíble- o en el peor de los casos, a los televidentes que aún tenían señal, les importaba muy poco lo que decían los funcionarios públicos, ante la magnitud de la desgracia que estaban viviendo.

En los medios locales, se entrevistaba a científicos, brujos o futuristas que daban declaraciones contradictorias. Unos afirmaban que no era el fin del mundo, mientras los ambientalistas se manifestaban con la actitud de superioridad intelectual de "se los advertimos, pero no quisieron creernos".

"Solo se trata de una serie de acontecimientos que, para nuestra mala suerte, se están sucediendo simultáneamente. Algo inusual en la naturaleza, pero no necesariamente fuera de lo común." —Parecía contradecirse un científico de la NASA que se sonrojaba cada vez que tomaba el micrófono, como si supiera que mentía. "El gobierno de Estados Unidos, no dejará que las cosas se salgan de control. Hemos girado órdenes al ejército, la policía, los bomberos y a todos los voluntarios que deseen colaborar en esta emergencia." —Salió diciendo el Presidente para calmar el nerviosismo que se había apoderado de la población y hasta de su propia familia. Hablaba desde su refugio preso de pánico, por la certeza que la situación era peor de lo que creía, basado en la información confidencial que recibía de sus allegados. "Tomaremos las medidas pertinentes con el fin de proteger al pueblo estadounidense y salvaguardar la vida de nuestros conciudadanos", —masculló para cerrar su discurso, por demás inútil e improcedente.

De pronto, las cadenas de televisión de Occidente se vieron interrumpidas por una noticia de enlace con la televisión china. Los científicos de esas latitudes, acababan de detectar una lluvia de meteoritos que se estaba acercando peligrosamente a la atmósfera. La avalancha de rocas era atraída por un inusual exceso gravitacional, fuera de la capa de ozono, que tenía su origen en el movimiento del eje relacionado con los hemisferios Norte y Sur, que habría sido provocado por los terremotos y las erupciones. De no encontrar una pronta solución, la inestabilidad del planeta sería tal, que se partiría en mil pedazos. Luego vino el apagón y todo quedó en silencio.

Capítulo XI

El Doctor Deschamps planeaba pasar las fiestas de fin de año con su familia. Era el fin del milenio y, por tanto, todos se preparaban para el acontecimiento. Además, su hija Xarín cumpliría doce años. Pero el descubrimiento de los papiros dentro de las vasijas incautadas al traficante de reliquias Óscar Hesse, le obligó a permanecer en el sitio arqueológico. Llamó a Leyla para que con su hija, lo acompañara en el campamento base. Hacía varios años que Deschamps exploraba la zona de Quetzumal. Era un experto en el tema de los itzanes, una civilización poco estudiada, cuya cultura destacaba por los rituales que se realizaban en honor a la Diosa Xarín. Esa costumbre practicada por algunos lugareños, llamó la atención de los arqueólogos, porque habían sobrevivido a pesar del colapso de las ciudades. Su obsesión por la Cultura Itzán lo había llevado a descubrir la tumba de la Diosa Reyna, como le llamaban, por las inscripciones de su cámara sepulcral en donde se veía a Xarín ascender al trono y luego elevarse al cielo como una diosa. Pero el Doctor Deschamps sabía que había cientos de estructuras aún no descubiertas.

El hallazgo de las vasijas con los códices, dio paso al mayor descubrimiento arqueológico de principios del Siglo XXI. En uno de los papiros, se encontró una especie de mapa que marcaba el sitio en donde se encontraba la tumba de la Reina Xarín. Teniendo este punto como referencia, fue muy fácil para los arqueólogos encontrar el lugar aproximado de la ciudad, ubicado en un terreno más bajo, situación que hacía difíciles las excavaciones. La ciudad quedó enterrada bajo metros de tierra y escombros arrastrados por una inundación. En los años siguientes, con la cooperación del gobierno español, se exploró el área. Se encontraron templos y palacios con hermosos frisos tallados, estelas rituales o conmemorativas y algunas pinturas murales de vivos colores, en donde predominaban los colores ocres y el azul. El Doctor Deschamps trabajó de la mano con el Doctor Fahsen, un guatemalteco destacado por sus conocimientos sobre escritura jeroglífica pre-hispánica, para decodificar las inscripciones.

El lugar en que Beto y Chali habían encontrado los códices dentro de las vasijas cilíndricas era custodiado día y noche. Se creía que podría haber otras cámaras con piezas similares. En efecto, la primera cámara era solo una de tres que contenían los valiosos tesoros de los itzanes. Los códices originales fueron trasladados a un lugar secreto en el viejo continente. Hicieron copias para ser estudiadas por científicos y criptógrafos dirigidos por el Doctor Fahsen. En tanto, Alfred Deschamps, con mucha cautela, para evitar la acción anticipada de los depredadores, organizó la expedición más inquietante de su vida. Se lanzó a la aventura de excavar y desenterrar los tesoros ocultos de Quetzumal en la impenetrable selva. Tardaron meses en despejar parte del área. Debían ser cuidadosos para no destruir el entorno. Con mucho sigilo, los obreros con instrumentos de precisión fueron descubriendo el sitio que, en poco tiempo, se mostró con todo su esplendor.

Constantemente debían cuidarse de los narcotraficantes. Estos incursionaban en las poblaciones realizando matanzas a diestra y siniestra para infundir miedo a la gente y hacer que se retiraran de las áreas de paso de la droga. Les molestaba la presencia de extranjeros y temían que los aparatos de detección modernos, traídos para facilitar el trabajo de exploración, se usaran para ubicar las pistas de aterrizaje clandestinas o los laboratorios para la fabricación de drogas sintéticas instaladas en los lugares de difícil acceso.

Con ayuda de satélites y tecnología espacial como radares térmicos, detectores ultrasónicos y rayos geotransmisores, pudieron observar la forma de los edificios. Uno de ellos llamó especialmente la atención del Doctor Deschamps. El perfil geológico mostraba un montículo con rocas ordenadas en fila que formaban una planta en forma de espiral o caracol. Se situaba al Norte del complejo de edificios principales, pero no se parecía en nada a los perfiles arquitectónicos de los palacios y templos clásicos. Varios científicos intentaron definir la forma de la estructura que era similar a un zigurat redondo o bien, a la imagen que conocemos de la Torre de Babel.

La estructura llamó la atención de la comunidad internacional y otros gobiernos de países amigos se sumaron para apoyar las excavaciones. La fama del Doctor Deschamps creció. Los trabajos en la escalinata de Quetzumal tardaron años, pero se aceleraron, en parte, por los preparativos que se hacían para conmemorar el fin de la Era Maya conocida como el Trece Baktún a finales del 2012. Uno a uno, salieron a luz los bloques de piedra caliza recubierta de una mezcla de estuco muy fino, un tipo de argamasa de calidad superior a la utilizada en los templos y palacios. La estructura se había preservado con los colores originales casi intactos y despertaron una admiración inusual entre los mismos estudiantes y arqueólogos acostumbrados a encontrar objetos preciosos de todo tipo.

Aún no terminaba de estudiar los glifos en los códices, cuando el Doctor Fahsen fue llamado de emergencia por Deschamps para que dedujera las inscripciones en las piedras. Ambos se reunieron en el sitio de Quetzumal.

—Estimado amigo, como está usted, —le dijo Fahsen sonriendo afablemente, al mismo tiempo que descendía de la camioneta agrícola en la que recorrió los veinte kilómetros de terracería que lo separaban de un aeropuerto improvisado, cerca del campamento base de los arqueólogos.

—Muy bien, mi estimado colega y a usted ¿cómo le va?

—Bien, dentro de lo que se puede. A mi edad son normales los achaques. Pero cuénteme, cómo anda todo por aquí.

—Pues como le comenté en mi último correo, estamos trabajando a marchas forzadas para terminar de limpiar la escalinata antes de que finalice el 2012. Precisamente por eso lo mandé llamar.

—Dígame en qué puedo ayudarle.

—El tema es delicado, por eso no quise contarle nada por teléfono ni por correo electrónico. Por favor acompáñeme, le dijo tomándolo por el brazo para brindarle apoyo, considerando que el Doctor Fahsen era un hombre mayor y podía resbalar. Quiero que vea esto, —le indicó, señalando con su índice uno de los bloques con la figura del Rey Camé recostado sobre una estera. En la parte superior izquierda, una inscripción arrojaba una fecha y algunos símbolos. El famoso epigrafista se tomó un tiempo para el análisis y luego su rostro se tornó meditabundo.

—Comprendo, —dijo Fahsen en voz baja, como para que nadie le escuchara. Empezó a caminar frente a cada uno de los bloques y en ellos fue descubriendo la copia exacta de cada uno de los cuadros que componían los códices itzanes que, durante meses, había estado estudiando. De pronto se paró frente a la roca que ocupaba el primer lugar en la escalinata y la estudió detenidamente.

—¿Qué opina?, —preguntó ansioso Alfred.

—Lo mismo que usted mi querido Alfred. Intuyo que usted está pensando lo mismo que yo. Lo que tenemos aquí es una bomba. No creo que alguien se imagine una cosa como ésta.

—Lo mismo creí, por eso le pedí que viniera.

—¿Qué cree que debemos hacer? ¿Cómo lo piensa manejar?

—Supongo que tendré que darlo a conocer, y cuanto antes mejor, pero le pido que se quede con nosotros para ayudarnos a descifrar unas fechas. Me preocupa que algunos bloques de la cima se hayan caído y estén fuera de su lugar. La cronología de los hechos debe ser exacta.

*****

Vinieron de todas partes y se incorporaron a la reunión muchos estudiantes, arqueólogos renombrados, políticos novatos y financistas. Los mosquitos zumbaban acelerados, entre el ir y venir de personas poco acostumbradas a las inclemencias de la selva. Unos toldos blancos -con sillas metálicas- habían sido cuidadosamente instalados en un claro del bosque para recibir a los invitados. Las estructuras pétreas mostraban su esplendor y colorido, después de haber sido limpiadas y retocadas en algunas partes para evitar su deterioro, luego de ser desenterradas.

El Doctor Deschamps tomó la palabra, —Señoras y señores, colegas y personalidades presentes. Nos encontramos reunidos en medio de la selva, lugar mágico y esplendoroso, para mostrar a los ojos del mundo, por primera vez, el sitio arqueológico de Quetzumal. Es para mí y mis compañeros un honor compartirles que los años de trabajo preliminar y los siguientes, nos han llevado a una cadena de sorpresas en ocasiones, inusitadas. Hace unos días, en la ciudad de Nueva York, me vi obligado a revelar algunos secretos encontrados en las piedras de la Escalinata de Caracol. Por invitación de la Secretaria de Estado de Estados Unidos, expuse a la prensa internacional las coincidencias de fechas, números y otros datos importantes que determinan que ésta ciudad es la más importante encontrada en la región, las pruebas científicas así lo indican. Esta ciudad se erigió sobre los restos de una civilización más antigua que fue gobernada por varias dinastías y después desapareció. Siglos más tarde, el territorio fue ocupado por los itzanes, liderados por el Rey Camé, quien al morir le heredó el trono a la Reina Xarín, conocida como la Diosa Reyna o Diosa de la Estrella Brillante. Gracias al hallazgo de su tumba, y al mapa que acompañaba los códices, supimos la ubicación exacta de la ciudad y descubrimos las inscripciones en la Escalinata de Caracol, una estructura por demás extraordinaria, por contener en ella la historia misma de la Dinastía Itzán. Hoy 21 de diciembre de 2012, fecha en que se celebran trece años del descubrimiento de los códices -otra extraña coincidencia de números-, cuando también se conmemora el cambio de Era para los Mayas, conocida como Trece Baktún y además es, por casualidad, el cumpleaños de mi hija y también colega, Xarín Deschamps. —El público interrumpió con aplausos. El doctor les agradeció con una inclinación de cabeza y continúo su alocución.

—Gracias. No deseo aburrirlos con información demasiado académica, pero es necesario dejar en claro la importancia de esta fecha. Como les decía, hace trece años el gobierno norteamericano me pidió que aclarara las especulaciones sobre el fin del mundo para el fin del milenio. El día de hoy, llegamos a otro plazo para que se cumplan las mismas especulaciones y predicciones que ya se han hecho antes pero que, hasta ahora, no se han cumplido. Como ven, hoy es un día cualquiera, soleado y húmedo en esta selva tropical. En todos los sitios arqueológicos las ceremonias están por iniciar. Aquí en Quetzumal, solo queremos inaugurar el paseo turístico para que las personas recorran los templos, palacios y demás estructuras descombradas. Pero, sobre todo, les invito a ver la instalación que expone copias de los códices con sus respectivas fotografías que corresponden a cada piedra de la escalinata. Hemos agregado algunas explicaciones sobre cada inscripción para que puedan comprender la dimensión de las revelaciones del Rey Camé y el aporte que quiso hacer a las futuras generaciones itzanes y que de paso sirven a la civilización actual. —Apuntó.

—Las excavaciones y los estudios de estos códices deben continuar pero, por ahora, sabemos que el calendario de la Cuenta Larga de los itzanes, difiere con el de los Mayas. Por tanto, hoy es el primer día del Trece Baktún, de acuerdo al Calendario Itzán y no el último, como indica el Calendario Maya.

Como era de esperar, nuevamente los murmullos se iniciaron y algunos levantaron la mano para hacer preguntas.

—Voy a pedirles que se calmen, amigos. Entiendo que estas revelaciones son importantes y algunos incrédulos dudarán de mis palabras, pero les sugiero que, antes de cuestionar nuestros hallazgos, vean lo que dicen las piedras.

—Doctor, —dijo un joven de rasgos orientales poniéndose de pie para lograr ser escuchado entre el barullo. —¿Qué opina de las amenazas en su contra vertidas por el Señor Voice, líder de la secta de "Los Guerreros del Fin del Mundo"?

—Por supuesto que el señor Voice tiene que estar molesto, porque su negocio es engañar a la gente con declaraciones alarmistas. Hoy 21 de diciembre de 2012, a la media noche, se cumple el plazo para que la gente, a la que ha estado engañando, sepa que las predicciones de la secta de "Los Guerreros del Fin del Mundo" son falsas. Si no se cumplen sus profecías quedarán en ridículo. Pero no debemos preocuparnos, solo restan 12 horas. —El Doctor Deschamps se apresuró a contestar.

En ese instante -las doce del medio día- bajo un sol candente, una ametralladora de pólvora empezó a tronar asustando un poco a los presentes e indicando el fin de la alocución. Los invitados se levantaron y empezaron a recorrer el sitio con gran entusiasmo y admiración por el alto grado de desarrollo del Pueblo Itzán.

*****

—Parado frente a la escalinata principal un hombre encontró la verdad. Un pergamino con tintes rojos, ocres y azules se posaba en sus manos. Abrió el pergamino y dictó los designios del tiempo.

En el principio todo estaba obscuro. Los cielos y la tierra eran uno solo. Una masa navegante de elementos amalgamados en el cosmos. Y los elementos se fueron separando y uniendo hasta formar estrellas y planetas que se rompieron en un ruido metastásico. Flotaron como plumas sobre el espacio vacío, hasta que la luz iluminó el caos en una iridiscente palpitación divina. Fue entonces que se creó el primer macho y la primera hembra, porque antes los humanos eran hermafroditas. Y los seres sublimes poblaron la tierra con distintas especies de animales y plantas, para dar cuenta de la virtud del Dios divino. Los siglos crearon la vida.

De una masa se creó al primer hombre y a la primera mujer y de ellos, después de muchas generaciones, nacieron Patán y Leva, padres de Camé, Rey de los itzanes.

El decodificador Fahsen calló por un rato. Se quedó mirando el bloque cubierto de fino estuco, volvió a ver el papiro y comprendió que frente a sí, tenía una copia del mismo pero escrito en piedra. Entonces supo que cada papiro correspondía a una serie de bloques que se exhibían en línea con gradiente en espiral y que formaba una torre. Buscó en los papiros el texto que correspondía a la segunda piedra y descifró con asombro que era también una copia fiel de lo escrito en piedra. Entonces supo por qué Deschamps lo había llamado con tanta prisa.

El Doctor Fahsen se quedó en suspenso tratando de comprender la magnificencia de una cultura hasta ahora ignorada. Siguió leyendo unos bloques más arriba:

—Mi nieto Oxib rompió las reglas de los gobernantes, subió a conquistar Tapirí junto con Balám y regresaron apesadumbrados. Todas las riquezas fueron pasto del fuego, los dioses se ensañaron con nuestro pueblo por la osadía.

Saqueamos la ciudad sagrada y nos fuimos con las manos vacías. Fue poco lo que obtuvimos, en cambio dejamos muchos muertos. Después de prenderle fuego a la ciudad, matamos también a los niños estrellándolos contra las piedras, hubo mucho llanto durante varias lunas. Hasta los bosques lloraron y los ríos rugieron de dolor por todos los muertos. El cielo se tiñó de rojo esa tarde, en el día del gran fuego. Luego fuimos castigados con los ciclos del hambre y el diluvio. Para que quedara escrito que el Pueblo Itzán sería destruido dos veces como castigo por su arrogancia y por sus excesos.

El epigrafista volvió la vista al cielo, por un momento meditó, secó las lágrimas que habían invadido sus cuencas oculares y buscó entre las largas hojas de códices la que correspondía a la piedra que tenía enfrente. —El Doctor Deschamps lo interrumpió:

—Doctor Fahsen, por favor no sufra. Es una historia triste, pero es bueno aprender del pasado para no cometer los mismos errores.

—Si Alfred, tiene usted toda la razón pero no puedo evitarlo. Estos seres que escribieron su historia forman parte de mí, son como mi familia.

He conocido sus tragedias, sus logros, sus deseos a través de los códices y ahora los veo en las piedras. He conocido el dolor de Camé en su lecho de muerte, lo considero mi padre, mi sangre. Me habría gustado estar allí para indicarles un mejor camino de sobrevivencia.

—Comprendo, pero debemos trabajar muy rápido. Se acerca el día de la inauguración.

—Bueno, déjeme solo un momento con mis pensamientos, le prometo terminar pronto.

—Todo lo que está descombrado ha sido clasificado conforme los códices pero me temo que falten algunos. Hasta ahora solo hemos descombrado estos, pero considero que hay otros alrededor de la estructura madre que aún permanecen ocultos bajo la tierra.

—Bien, sería bueno apresurar a los ingenieros para que apuntalen el edificio y así, poder explorar en otras áreas con el sonograma. —Indicó Fahsen, intentando salir de su pesadumbre.

—De acuerdo, yo me encargo. Voy a pedir que me envíen los aparatos y otros elementos de inspección que nos permitan hacer un trabajo más eficiente.

—Le ruego que descanse, mañana será un día largo.

*****

Luego de los actos inaugurales en Quetzumal, Leyla y Xarín Deschamps volvieron al hotel. Debían vestirse para asistir a las ceremonias del Trece Baktún. Alfred les dijo que se adelantaran. Él tenía que preparar otro discurso para esa noche. En realidad sus discursos solían ser muy sencillos, tenía la costumbre de improvisar. Pero el Presidente de la República estaría presente por lo cual pensó en decir algo más elaborado. Se despidió de algunos colegas y subió a la camioneta con rumbo a la base. El Doctor Deschamps debía dar su discurso a las nueve de la noche ante la distinguida concurrencia que lo esperaba ansioso, pero no se presentó a la ceremonia. Uno de sus estudiantes, que también volvía esa tarde a la base de los arqueólogos para cambiarse de ropa, lo encontró en su camioneta, al lado del camino, doblado en el asiento del conductor. La vieja y empolvada camioneta recibió muchos impactos de bala de grueso calibre, de ellos, cinco fueron a parar en la humanidad del insigne arqueólogo, uno de ellos, el que le causó la muerte instantánea, había impactado justo en su frente.

Capítulo XII

Tres siglos después del último diluvio documentado, en un acto cívico, eran condecorados con la Medalla del Pueblo Itzán, y ascendidos a General Mayor, los valientes oficiales Joaquín Mendoza y Manolo Fernández.

Su valentía era premiada por haber descubierto las ruinas del Museo del Prado, en la antigua ciudad de Madrid, pero hasta allí, no había nada de extraordinario en su hazaña. En esa época, a diario se encontraban vestigios, tesoros y ciudades importantes que fueron arrasadas por el lodo después de la mayor tormenta desatada en la eurozona. El continente casi desapareció, con excepción de la zona alpina, los montes Pirineos y los Balcanes en donde algunos lograron encontrar refugio. Pero, el descubrimiento del Museo de El

Prado tuvo consecuencias más importantes. Un contingente de soldados penetró al interior de las ruinas encontrando un cuadro de Jesús intacto en una de las salas laterales. El teniente Cubero –oficial a cargo- dio órdenes de no tocar ningún cuadro hasta que llegaran los expertos.

Luego de retirar el cuadro que había impresionado a los soldados, en especial a Fernández, quien era conocedor de esos temas, los dos amigos, un poco intrigados por el buen estado de las paredes de la habitación, volvieron al lugar. Vieron entonces que la imagen de Jesús, había estado todo ese tiempo colgado sobre una base de metal distinta a las demás. Los curiosos oficiales, desprendieron la base y se encontraron con una cámara que daba acceso a una bóveda completamente blindada. Otro hallazgo inesperado los sorprendió aún más. Adentro encontraron, perfectamente ordenados y clasificados, cientos de libros y varias repisas con vasijas de cerámica de una antigua civilización prehispánica. Las vasijas contenían los originales de los códices itzanes, junto con los libros de los reportes científicos, estudios de las profecías y una colección de diarios escritos por Xarín Deschamps, quien se quedó a cargo del proyecto a la muerte de su padre. Así supieron de la existencia de esta gran civilización cuyos vestigios se encuentran enterrados de nuevo en la selva para que las generaciones futuras los encuentren.

Mucho ha pasado desde entonces. Los diarios de la doctora en arqueología Xarín Deschamps, revelaron quienes fueron los asesinos de su padre. También los secretos que el Doctor Alfred Deschamps no tuvo tiempo de revelar y los descubrimientos posteriores sobre la verdadera historia del Pueblo Itzán, cuyos avances científicos fueron utilizados después por los sobrevivientes para reconstruir una nueva civilización.

Los curiosos oficiales encontraron una anotación en el diario de la arqueóloga con el número de días o kines que contiene el calendario de la Cuenta Larga (144,000), lo que llamó mucho la atención de Manolo Fernández. Insertada en el mismo lugar, se encontró una página de la Biblia con un párrafo subrayado que reza:

Después de esto vi cuatro ángeles que estaban sobre los cuatro puntos cardinales, deteniendo los cuatro vientos, para que no soplaran sobre la tierra, ni sobre el mar, ni sobre árbol alguno.

Luego vi subir del oriente a otro ángel, que tenía la marca o sello de Dios viviente: el cual gritó a los cuatro ángeles, encargados de hacer daño a la tierra y al mar.

Diciendo: ¡No hagan mal a la tierra, ni al mar, ni a los árboles, hasta que no hayamos puesto un sello en la frente a los siervos de nuestro señor!

Oí también el número de los escogidos: ciento cuarenta y cuatro mil, de todas las tribus de los hijos de Israel.

(Apocalipsis de San Juan, Capítulo VI)

*****

En otro tiempo y lugar, dos siluetas se reunen bajo un portal. Mientras conversan, parecen esconderse de las miradas de los pocos transeuntes que pasan de prisa frente ellos.

—Maggi, tú sabes que no te lo pediría si no fuera absolutamente necesario.

—Pero lo que me pides es casi imposible. Si los del Buró Político se enteran ya sabes los que nos espera.

—Lo sé, lo sé, pero esto es más importante de lo que parece. Si encuentro los otros códices es posible que, con ellos, encuentre también el mapa. Eso nos haría ricos, pero lo más importante es que hallaríamos de nuevo la ciudad de los itzanes y conoceríamos las razones para su extinción.

—Tú, como arqueólogo, lo ves todo en relación con el pasado, pero para el mundo intergaláctico, eso que pasó hace siglos no importa. Debemos encontrar otros planetas como el nuestro para abastecernos de comida, de lo contrario desapareceremos igual que las civilizaciones antiguas. La tierra se ha degradado a tal punto que no es capaz de contenernos. Para qué descubrir un pasado si ya no existe y a nadie interesa.

—Maggi por favor comprende, los últimos códices hablan de sequías, diluvios y pestes. Es el mismo panorama que se nos presenta en estos tiempos, la historia se repite. ¿Por qué tenemos que pasar otra vez por todo eso si conocemos las causas del fin y nos preparamos para enfrentarlo o evadirlo? Podríamos hacer algo para evitar terminar como otra cultura extinta. Debemos tratar de cambiar la historia.

—Veré qué puedo hacer, pero no te prometo nada. Nos vemos mañana a la hora del almuerzo.

—Bueno te espero en nuestro lugar de siempre.

—¿Nunca lo olvidas, verdad?

—Nunca te he olvidado, lo sabes Maggi.

—Lo sé, pero ahora no es momento de recordar. Los dos hemos cambiado mucho.

Maggi se despidió con un beso en ambas mejillas. Salió caminando y él pensó que se veía igual de bella como cuando se casaron. Sus muslos estaban tan bien torneados, que no podía quitarles la vista de encima. De pronto, recordó el día en que la conoció. Ella estaba sentada junto a una ventana del café viendo hacia el infinito. Él notó que su rostro se iluminaba cuando la puerta se abría. Posiblemente esperaba a alguien que estaba retrasado o la habían dejado plantada. Después de unos veinte minutos observándola, se atrevió a abordarla.

—Hola, le dijo sonriente, ¿está usted esperando a alguien? ¿Me permite hacerle un poco de compañía? —Ella lo miró indiferente.

—Si gusta puede sentarse, pero le advierto que no estoy de muy buen talante para conversar, —le dijo, con un dejo de arrogancia que le pareció muy sexy, como de una mujer que sabe lo qué quiere y cómo obtenerlo.

—Permítame que le diga que es usted una mujer muy interesante, aunque parece que ama la soledad.

—En efecto, no suelo hablar con extraños, qué puedo decirle.

—Cualquier cosa está bien, solo me intriga que esté tan sola y mirando al horizonte.

—Es lo que suelo hacer los viernes por la noche. Me paso toda la semana trabajando. Voy del trabajo a mi casa y me he propuesto salir los viernes para distraerme en este café viendo pasar a la gente. Es interesante apreciar los rostros de los enamorados, los ancianos cansados o las señoras abandonadas por sus maridos. Incluso cuando llueve, los transeúntes tienen cierta fascinación porque cada uno revela un mundo distinto. —Habló con tanta naturalidad que ella misma se sorprendió.

—Entonces usted debe ser Antropóloga, ¿o me equivoco?

—Se equivoca.

—Alguien que examina a las personas de esa forma no puede tener otra ocupación. – le dijo él con cierta ironía.

—En realidad es precisamente para cambiar de tarea. ¿Y usted a qué se dedica si no es indiscreción?

—Soy geoarqueólogo y dirijo un centro de investigaciones en Mesoamérica. Junto con algunos colegas, investigamos una cultura muy antigua que desapareció de súbito sin dejar rastros visibles.

— ¿Qué lo trae por acá?

—Son varios asuntos, por una parte, he venido a impartir cursos de investigación geoarqueológica con tecnología de punta. Algo que tal vez le parecerá un poco aburrido. Intentamos utilizar la tecnología para descubrir ciudades enterradas por siglos. Hacerlo a la manera antigua tiene un alto costo. Las exploraciones de hoy comienzan con instrumentos de uso espacial y continúan con análisis científicos muy avanzados para determinar la edad de los objetos. Por otra parte, también debo reunirme con miembros del Buró de Investigaciones Científicas para solicitar un apoyo financiero mayor. Hemos encontrado unos vestigios y mis colegas coinciden en que son de gran importancia. Pero, me parece que estoy hablando mucho. Dígame por lo menos su nombre.

—Maggi, Margaret Alves. —le dijo, — ¿Y usted?

—Miguel.

Capítulo XIII

Con el andar cansado por llevar a cuestas toda una vida de penurias y calamidades, Juan Balám camina sobre la tierra seca, agrietada, sin dejar huella. Sus dedos y sus calcañales no se dibujan a su paso por entre las milpas color de tusa seca, como la que su mujer Manuela solía usar para hacerle sus tamalitos con chipilín. Si por lo menos hubiera chipilín, pensó el Juan Balám. Si hubiera maíz para cocer, si tan solo hubiera una mazorca tierna para poder asarla en el montoncito de chiriviscos secos que había logrado juntar entre los zacatales. A lo lejos divisa a la Manuela, recostada en una hamaca que pende de unas vigas de mangle. Aquellas que se trajo el río con una crecida y quedaron regadas en el patio de su covacha, cuando se secó otra vez la tierra. Piensa en la vaca que le gustaría tener como cuando ordeñaba a "La Coqueta" y les daba leche a sus hijos. Aquella animala de ubre galana y tetas pringadas de lunares rosados que amamantó a los patojos como si fuera su misma nana. La alegría que se dibujaba en sus caritas cuando llevaban su vasito de plástico con azúcar para que yo les ordeñara una teta a cada uno, al pie de vaca. Como se llenaba de espuma y se revolvía con el azúcar la blanca natilla que alimentó a los escuincles hasta que tomó cada quien su rumbo y buscó como ganarse la vida. El Juan Balám se imagina comiendo del queso salado, amasado en batea de madera hueca, que le hacía su mujer cuando había leche, cuando había vaca, cuando había pasto, cuando había agua.

La Manuela acostada en la hamaca, porque sus huesos apenas pueden sostener su enclenque humanidad, sueña con su plato de frijoles con apazote y un muñeco de tortillas de maíz negro, cocinado en olla de barro con leña de guapinol.

— ¡Qué va!, —dice la Manuela en voz alta, como si le oyeran, como si los muertos la oyeran. No tenemos ni siquiera tortilla con sal para saciar el hambre del triperío que me cruje en el vientre.

Hace días que no tienen suerte ni con la sal, ni la venden en la tienda. Es más, ya ni hay tienda. Para qué, si no tienen nada que vender. "Si solo los gobiernos", piensa para sí la Manuela, "son los que se quedan con todo. Solo los que están bien conectados logran apropiarse de algunos víveres en las bodegas de las ayudas internacionales". Así piensa la Manuela, mientras piensa y repiensa en levantarse a tortear su último bultito de masa agrietada de la cosecha pasada, que guarda en una palangana sucia cubierta de moscas y será su última comida, si el Juan no consigue otra cosa.

La Manuela se levanta arrastrando los pies, arregla las tres piedras que conforman su estufa de leña. Coloca un pedazo de comal de barro mustio por la cal y le pasa encima una especie de escobilla de palma para limpiarlo. Su vista se queda suspendida entre los parales que sostienen el techo del pequeño recinto que alberga la cocina. En la lejanía se observa la silueta de Juan, viene de ver las siembras. La Manuela alza sus ojos al cielo y ruega a Dios que el Juan traiga algo para comer, porque después de la sequía no queda nada, ni la miseria para compartir.

Afuera en el campo, Juan Balám se para al lado de una piedra rayo. La toma en sus manos y ve que sus bordes son filudos. Como para cazar y desollar animales salvajes, piensa. Al fondo se ven platear unas matas de milpa verduzca. Juan se cansa por el esfuerzo de andar bajo el sol todo el día. Se detiene. Se quita el sombrero de paja y se seca el sudor de la frente. Alza los ojos al cielo y le pide a Dios que llueva.

Epílogo

ME PREGUNTO, para qué escribir un libro sobre las profecías del fin del mundo cuando la fecha prevista ha caducado. Tal vez, porque intuyo que la destrucción del planeta se viene fraguando desde su misma creación o porque el instante infinito de nuestra historia es un bit en la memoria del tiempo y, tarde o temprano, la profecía se hará realidad.

La primera edición de *Profecías del año cero,*
publicación Núm. 90 de la colección Narrativa
centroamericana, se terminó de imprimir en los talleres
de **ARMAR EDITORES**, 11a. Av. 2-49 zona 15, Colonia
Tecún Umán. Guatemala. Centroamérica. En el mes de
enero del 2013.